身 心 灵 魔 力 书 系　　　情

SHEN XIN LING MO LI SHU XI QING GAN

U0664738

程　石/著

V / I / T / A / L / I / T / Y

活力

关春
不色
住满
园

中国出版集团　　现代出版社

图书在版编目(CIP)数据

活力:春色满园关不住／程石著. —北京：现代出版社，2013.12
（身心灵魔力书系）
ISBN 978 – 7 – 5143 – 1817 – 3

Ⅰ. ①活… Ⅱ. ①程… Ⅲ. ①散文集 – 中国 – 当代
Ⅳ. ①I267

中国版本图书馆 CIP 数据核字(2013)第 313628 号

作　　者	程　石
责任编辑	刘　刚
出版发行	现代出版社
通讯地址	北京市安定门外安华里 504 号
邮政编码	100011
电　　话	010 – 64267325 64245264(传真)
网　　址	www.1980xd.com
电子邮箱	xiandai@ cnpitc.com.cn
印　　刷	北京兴星伟业印刷有限公司
开　　本	700mm × 1000mm　1/16
印　　张	13
版　　次	2019 年 4 月第 2 版　2019 年 4 月第 1 次印刷
书　　号	ISBN 978 – 7 – 5143 – 1817 – 3
定　　价	39.80 元

P 前　言
REFACE

　　为什么当今时代的青少年拥有幸福的生活却依然感到不幸福、不快乐？怎样才能彻底摆脱日复一日的身心疲惫？怎样才能活得更真实快乐？

　　在英国最古老的建筑物威斯敏斯特教堂旁边，矗立着一块墓碑，上面刻着一段非常著名的话：当我年轻的时候，我梦想改变这个世界；当我成熟以后，我发现我不能够改变这个世界，我将目光缩短了些，决定只改变我的国家；当我进入暮年以后，我发现我不能够改变我们的国家，我的最后愿望仅仅是改变一下我的家庭，但是，这也不可能。当我现在躺在床上，行将就木时，我突然意识到：如果一开始我仅仅去改变我自己，然后，我可能改变我的家庭；在家人的帮助和鼓励下，我可能为国家做一些事情；然后，谁知道呢？我甚至可能改变这个世界。

　　的确，在实现梦想的进程中，适当缩小梦想，轻装上阵，才有可能为疲惫的心灵注入永久的激情与活力，更有利于稳扎稳打。越是在喧嚣和困惑的环境中无所适从，我们越觉得快乐和宁静是何等的难能可贵。其实"心安处即自由乡"，善于调节内心是一种拯救自我的能力。当人们能够对自我有清醒认识，对他人能宽容友善，对生活无限热爱的时候，一个拥有强大的心灵力量的你将会更加自信而乐观地面对现实，面向未来。

　　本丛书将唤起青少年心底的觉察和智慧，给那些浮躁的心清凉解毒，进而帮助青少年创造身心健康的生活，来解除心理问题这一越来越成为影响青少年健康和正常学习、生活、社交的主要障碍。本丛书从心理问题的普遍性着手,分别描述了性格、情绪、压力、意志、人际交往、异常行为等方面容易出现的一些心理问题,并提出了具体实用的应对策略,以帮助青少年朋友科学调适身心,实现心理自助。

C目　录
ONTENTS

第一章
活力青春期

    青春期是从儿童到青年的过渡时期，被心理学家称为"第二次危机"。如果说人生的第一次危机，即"断乳危机"是在襁褓中度过的，那么人生的第二次危机就是从精神上脱离父母的心理"断乳"，它来势迅猛，锐不可当。青春期的少年充满活力，这也是人生的特殊时期。

青春期的活力特点

一、青春期活力的特殊性

　　青春期是从儿童到青年的过渡时期，被心理学家称为"第二次危机"。如果说人生的第一次危机，即"断乳危机"是在襁褓中度过的，那么人生的第二次危机就是从精神上脱离父母的心理"断乳"，它来势迅猛，锐不可当。青春期又叫青春发育期，有广义和狭义之分。广义上是指从儿童发育到成人的过渡时期，狭义上是指第二性征开始出现到性成熟以及体格发育完全的时期。青春期是人的一生中生长发育的重要时期，是决定人一生的身体、知、情、意水平的关键阶段。

二、青春期的身体与心理发展的特点

1. 身体生长发育的特点

　　在人的一生中，身体生长和发育速度最快、身体各部分比例变化最明显的时期有两个，一个时期是在产前期与出生后的半年之内；第二个时期就是青春期。

　　在人生第二次生长发育高峰期，不仅身高、体重迅速增加，体型及身体的各个部位也向成人形态发展，身体各器官的功能日趋完善，大脑神经系统逐渐成熟，更重要的是性器官和第二性征开始发育和成熟，形成了繁殖后代的能力。这是青春期最显著的特点。它的成熟标志着人体生理发育的完成。这种变化，使青少年的心理活动及社会生活都随之发生重大的变化。

（1）女生青春期的生理特点。女生青春期是指从月经来潮到生殖器官发育成熟的时期。一般从 13 岁到 18 岁左右。

由于身体的形态及功能都迅速趋向成熟，所以其心理行为等诸方面都将发生剧烈的、独特的变化。一般会对突然出现的月经、性冲动、性要求等产生紧张、恐惧或羞涩的心理，也会因好奇心、新鲜感的驱使，去阅读有关性知识的书刊，或向伙伴们打听，对于这种多种情绪交织在一起的紧张心理，若不及时教育及疏导，往往会影响正常的心理健康。

（2）男生青春期的生理特点。青春期男生身体发生一系列剧烈的生理变化，这个时期是身体成长发育的最佳时期。男生身体的快速发育是从 10～15 岁开始，在 14～16 岁左右达到顶峰期，以后逐渐减慢，到 18 岁左右时身高便达到充分发育的水平，体重、肌肉力量、肩宽、骨盆宽等也都得到增加，与此同时性功能和第二性征也发育成熟。性格上也变得成熟、老练、稳重和自信起来，不再像小孩那样幼稚和无知了。这是男性一生中最重要的时期，它与社会、家庭教育、个人的生活成长及精神心理状态有极为密切的关系。

这个时期是人的身高和体重快速增长和性发育逐渐成熟的过程，女孩比男孩的青春期要早开始早结束 1～2 年。

2. 青春期心理发展的特点

青春期是生长发育的高峰期和心理发展的重大转折期，因为身体迅速发育而强烈要求独立，又因为心理发展的相对缓慢而保持儿童的依赖性。

青春期心理发展的主要特点有以下几点：

（1）青春期的情绪特点：青春期的少男少女情绪容易波动，而且表现为两极性，即有时心花怒放，阳光灿烂，满脸春风；有时愁眉苦脸，阴云密布，痛不欲生，甚至暴跳如雷，可以用"六月天孩子脸"来形容。他们情绪多变，经常出现莫名的烦恼、焦虑。

此时，由于心理的不断发展，他们的情绪自控能力比孩提时有了较大的提高，学会掩饰、隐藏自己的真实情绪，出现心理"闭锁"的特点。过去爱说爱笑的孩子，进入青春期可能会变得沉默寡言。他们常把自己关在房间里，很少和父母交谈，甚至拒绝父母的关爱。

（2）青春期的情感特点：在这段时期，青少年的情感由原来对亲人的挚爱之情，拓展到对同学、老师、明星、科学家和领袖人物崇敬和追随；由自爱到爱集体、爱家乡、爱人民、爱祖国、爱全人类。也就是说，青少年的情感充分地体现了社会性；此时他们的道德观也发生了变化，对成功人士、名人崇拜得五体投地，对坏人坏事疾恶如仇，他们追求公平公正，一旦发现某人有私心杂念，他们就会嗤之以鼻，他们在现实生活中无法妥协和容纳不同意见的人与事，所以很容易受到伤害。

（3）青春期的人际交往特点：处在青春期的学生，渐渐地从家庭中游离，更多地与同伴一起交流、活动，结交志趣相投的同学为知心朋友，他们无话不谈，形影不离，视友谊至高无上，甚至为朋友两肋插刀在所不惜。

（4）青春期的思维特点：思维是人高级的心理活动。初中阶段抽象思维开始发展，他们对一般的问题，能够透过现象进行概括和总结；到了高中阶段，逻辑思维、创造性思维迅速发展，他们能够从不同的角度、多维、立体地考虑问题，并且通过综合、分析、推理找出本质和规律；所以在此阶段，他们好辩论，喜欢钻牛角尖，打破砂锅问到底，敢于挑战老师和家长，呈现出初生牛犊不怕虎的闯劲；但是有时由于缺乏交流技巧，容易遭遇挫折。

3. 青春期性心理发展的特征

（1）性认知的朦胧性。青少年的性心理起初缺乏深刻的社会内容，只是生理急剧变化带来的本能反应。伴随着性生理的变化，青少年对性知识也有着强烈的渴求。非常关心自己和周围同伴的发育变化，对性知识既好奇又敏感。

（2）性表现的文饰性。一方面十分重视自己在异性心目中的印象与评价，另一方面却又表现得拘谨、羞涩和冷淡。内心可能对某一异性很感兴趣，但表面上却又有意无意地表现得好像无动于衷，不屑一顾，或作出回避的样子；有时表现得十分讨厌那种男女亲昵和接触的动作，但实际上又很希望自己能得到体验。

（3）性反应的差异性：

1）情感表达的不同。男生对爱情往往表现得外露、热烈，显得英姿勃勃，但有时过于粗犷；女生往往表现得含蓄、娇媚，而略显得羞涩、被动。

2）内心体验的不同。男生更多的是新奇、喜悦和神秘，女生则常常是惊慌、羞涩、敏感和不知所措。

3）表达方式的不同。男性一般较主动，女性往往采取暗示的方式；男生的性冲动易被视觉刺激唤起，而女生则易在视觉、触觉刺激下引起兴奋。

魔力悄悄话

青春期是充满活力的时期，同时也是性心理萌芽期，表现为开始比较注意自己的形象，特别是异性同学对自己的评价。也尝试与异性交往，但是在交往过程中心理变得很复杂。一方面渴望接近对方，另一方面又很害怕别人发现，结果交往过程神神秘秘，羞羞答答，反而显得别扭。

科学的健康观与健康标准

世界卫生组织（WHO）在 1948 年提出："健康不仅是没有疾病或不虚弱，而是身体的、心理的和社会适应方面的完美状态"的三维健康观。1989 年，世界卫生组织又对健康做出新的定义，即"健康不仅是没有疾病，而且包括身体健康、心理健康、社会适应性良好和道德健康。"从这个定义可以看出"健康"是一个综合概念，人类对健康的认识随着社会的进步和医学科学的发展而逐步深化。青春期的健康观也应该从这四个方面来解释。

一、青春期的健康

1. 青春期的身体健康

青春期的身体健康是指身体发育的形态完好、结构完整与功能健全的状态。

青少年进入青春期，身体发育很快，全身的各个器官都发生了显著的变化。躯体的变化主要表现在三个方面：身体外形的变化；内部器官的完善；性功能的成熟。

青少年身体健康的标准比较明确，例如第一、第二性征的发育正常，脑和神经系统以及心脏和血管功能完善，各感觉器官的发育及功能健全等。

2. 青春期的心理健康

心理健康是指这样一种状态，即人对内部环境具有安定感，对外部社会环境能以各种方式去适应，遇到各种阻碍和困难，心理都不会明显失调，都能主动采取适当的行为去克服，这种稳定而适应的状态就是心理健康的状态。

心理健康一般有三个标志：第一，心理健康的人其人格是完整的，自我感觉是良好的。情绪是稳定的，积极情绪多于消极情绪，有较好的自控和恢复能力，遇到问题能主动调适心态，持续地保持心理上的常态。第二，有充分的安全感，能保持正常的人际关系，能得到别人的接纳。第三，有明确的生活目标，切合实际、有自信心、有理想和事业上的追求。

人的身体和心理有密切的关系，心理健康与身体健康是相互依存，相互促进的。心理健康是身体健康的精神支柱，身体健康是心理健康的物质基础。健康的身体寓于健康的心理，心理不健康则会导致身体异常甚至患病。

3. 青春期的社会适应性健康

社会适应性是指对复杂多变的社会环境作出和谐的适应与生存和发展的反应。社会适应性好的人具有一定的社会适应能力。社会适应能力是指人为了在社会更好地生存和发展而主动进行的心理上、生理上以及行为上的各种适应性的改变，最终与环境达成和谐状态的一种适应能力。

社会适应健康应具备以下几种能力：

（1）具有自理能力。自理能力是青少年应具备的各种能力的基础，它是一种综合能力。有些青少年由于父母的娇惯自理能力不强，甚至从叠被子、洗衣服，到打洗脸水都是父母代劳，什么都不会干，不能适应生活或环境的任何改变。培养自理能力应做好下面4件事情。

1）学会日常生活的打理。要学会料理床铺，收拾房间，学会自己洗衣服，缝补衣服，学会自己照料自己。

2）主动与同学交流：因为同学间的互相影响和互相学习能够在一定程度上促进各方面的提高。

3）学会"理财"。在生活中，哪些开支是必须的，哪些开支是完全不必要的，哪些是可有可无的。钱要花在刀刃上，要避免完全不必要的消费，可花可不花的尽量不花。

4）独立决定和处理身边发生的事情。

（2）具有承担各种社会角色的能力。在社会生活中，每个人都有其相应的地位和身份，例如一个人在家庭里是父母的女儿，在学校是学生，在班级里是班长。在同辈中是弟弟妹妹的姐姐，是哥哥姐姐的妹妹，在学校篮球队里是队员等等。在不同的社会场合以不同身份与别人打交道，扮演着不同的社会角色，思想、言谈、举止或行动必须符合各种社会角色的行为规范，承担起相应的社会职责。如果一个人的言行，不能根据不同的社会环境进行相应的转换，就必然要在社会交往中屡屡受挫，处处碰壁。

（3）具有社会交往能力。社会生活中最重要的、发生频率最高的就是同别人进行交往，和谐的人际交往是保持良好的人际关系的前提条件。因此和谐的人际交往是良好的社会适应能力所不可缺少的。有效的社会交往应该培养以下三种能力。

1）培养自己的表达与理解能力。表达能力是指运用语言阐明自己的观点、意见或抒发感情的能力，主要包括口头表达能力和书面表达能力。一个人要想让别人了解你，重视你，更好地发挥自己的才能，其前提就是要有表现自己的能力。

理解能力首先是指一个人能够将自己内心的思想表现出来，还要让他人能够清楚地了解自己的想法，其次就是理解他人的表达。一个人的表达理解能力直接影响其社会适应的程度。

2）培养自己的人际融合能力。人际融合是一种能力，一种智慧，一种艺术。人际融合能力是指人们接纳和理解他人，体验他人的可信与可爱，融入社会的人际生活的能力。人际融合需要调整自己的观念，勇敢地接纳社会，但接纳并不等于消极等待和向困难屈服，更不是没有任何原则地去苟同消极落后的东西，甚至同流合污。人际融合能力的强弱与人的个性有极大的关系，但是个性并不能决定一个人的人际融合程度，它还与一个人的思想品德、知识技能、活动能力、创造能力、处理人际关系能力以及健康状况等方面密切相连。

3）训练自己的决策能力。在解决问题的能力中，最关键的是自我决策能力。自我决策能力是一个人独立思考、果断选择和独立完成某项工作的能力。当青少年面临一些问题时，周围会有很多不同意见，但最终要靠自己决定。在生活中，每一件事情、每一个问题以及它们的变化进展都必须靠自己迅速作出决定，及时处理。因此，具有良好的自我决策能力对环境适应是十分重要的。

（4）具有灵活有效的应变能力。社会生活及社会发展是处在不断变化之中的，所以社会生活既有美好的、安稳的一面，也会存在很多的变数。如自然灾害、意外伤害、生老病死、考试落榜、婚恋失意、经济损失、事业受挫等。这些重大的生活事件以及学习、工作的过分紧张都会造成一定的心理压力，需要及时正确地处理，以免造成过度的精神创伤。这就要求青少年在日常生活中要培养自己灵活的应变能力，因为它是个体适应变化的生活、学习、工作环境及应付突发事件、化险为夷的重要条件。

4. 道德健康

世界卫生组织（WHO）把道德修养纳入了健康的范畴，认为健康不仅涉及人的身体层面，还涉及人的精神层面。道德健康是指健康者履行应尽的对社会、对他人的义务，不违背自己的良心，不以损害他人的利益来满足自己的需要，具有辨别真善美与假恶丑、荣誉与耻辱等是非观念。能按照社会道德行为规范来约束自己，以此获得内心踏实、心境平和，并产生一种价值感和崇高感，以道德健康促进整个身心健康。健康应"以道德为本"。"道"是指人在自然界及社会生活中待人处世应当遵循的一定规律、规则、规范等，它是做人的最高准则；"德"是指个人的品德和思想情操。违反了这些规律，人们的身心健康就会受到伤害。道德健康体现在以下两个方面。

（1）义务感与良心感：义务感是个人自觉地意识到自己对他人应该承担的一份责任的道德感。良心是在履行应尽的义务过程中形成的道德责任感和自我评价能力。义务感和良心感表现在以下几个方面：

1）对父母长辈的尊敬和家庭的支持。如帮助做家务、买食物、照顾其他家庭成员等；尊重父母等长辈的权威，在重要的事情上征求他们的意见，如取得好的学业成绩或付出努力来为家庭增添荣耀。成年以后对家庭的支持，如在经济上帮助家庭、照顾年迈的父母甚至已经成年的兄弟姐妹等。

2）青少年学生应当建立学习义务感，承担起对自己学习的义务。青少年学生学习义务感的形成是学生对自己学习负责任的表现。

3）青少年对祖国的义务感。青少年有热爱祖国振兴祖国的义务和责任，就体现在与共和国同呼吸共命运，将个人的生命和理想与祖国紧密连在一起。

如果一个人不履行应尽的义务和责任，违背自己的良心，会产生懊悔、焦虑、惭愧、自责、恐惧的情绪，就会影响一个人的身心健康。当一个人在履行自己的义务和责任时，言行符合良心的行为结果，便会产生一种道德崇高感，心情愉悦，就一定会对健康有积极的促进作用。

（2）人道主义行为。人道主义强调的是人与人相互之间的关心和同情，尊重人格，尊重个人对社会的贡献，维护人的基本权利，促进人的全面发展。青少年要遵循人道主义的原则，学会感恩，从爱父母、爱老师、爱同伴、爱身边的人，发展到爱自然、爱祖国，要具备博爱情怀。

欺侮和伤害他人会受到人道主义谴责，会使欺人者心绪不宁，会影响其身心健康。对他人施以人道主义的关怀与支持是可尊敬的，这种行道义、扶弱者的行为，会让人产生一种境界高尚的崇高感、自豪感和愉悦感，这种道德感会直接促进身心的健康。

二、青春期心理健康标准

青春期心理健康是指具有一种良好而持续的心理适应和发展状态，能有效地发挥个人的身心潜力和积极的社会作用。具体的心理健康标准可以归纳为以下几个方面：

1. 良好的自我意识

青少年期是自我意识形成的关键时期。在这个时期，青少年逐渐形成对自身整体而深刻的评价，并发展了对自身的心理及行为的控制能力。例如青春期学生开始变得关心自己，对"自我的评价和认识"特别敏感，经常考虑自己的性格是什么样的，别人是否喜欢和接受，别人眼中的自己是个什么样的人，自己的兴趣和志向是否正确和有发展，将来自己会成为一个什么样的人等等。青少年良好的自我意识应该具备正确客观地认识自我、悦纳自我、控制自我的能力，从而发展自己的潜能，适应社会的需要。

青少年只有具备良好的自我意识，才能够正确地对待自己，才能正确地对待他人以及周围的事物，才可能减少心理压力或应激，才能使自己有恰当的期望值。否则，就会导致缺乏成就动机或期望过高，不能正确而全面地看待自己，甚至会使个体变得退缩或自闭，经常承受失败和挫折所带来的失望、纠结、悲哀的痛苦，而影响自己身心的发展。

2. 良好的社交能力

处理不好人际关系，就会产生各种心理冲突或矛盾。心理健康的青少年很善于与他人友好相处，培养互相合作、取长补短的精神和适应社会的能力。性情孤僻，独来独往，置自己于群体之外，这种心理状态是不健康的。要处理好人际关系，一定要遵循这些原则：与人平等；互相包容；心胸宽阔；严于律己；不卑不亢，互利互惠；言行守信；以诚相待。

3. 调控知、情、意的能力

人们对自己的思维，情绪及行为能自觉地加以调控。乐观而稳定的情绪是心理健康的重要标志。乐观而稳定的情绪有助于提高学习和工作效率。在困难和逆境中，保持乐观的情绪会增强自信心。

心理健康的人无论做什么事都能按部就班，有条不紊，专心致志，有克服困难的决心和毅力。人们在社会生活中，应不断积累经验，吸取教训，使自己不断地加强自我表现的调控能力。

4. 有耐受性和自我康复的能力

在社会生活中，人们既有成功愉悦的经历，也会有遇到困难，遭受失败的时候。如果青少年没有这样的认识，在他们对自己所处的环境不满意或遇到不幸、挫折时，往往就会产生忧郁、悲痛、焦虑等不良的情绪，失去心理平衡。如果青少年有这样的认识和准备，他们就自然会有承受刺激的耐受力。耐受力会使他们对任何事物都会积极进取，无论遇到什么困难都不畏惧，即使遇到不幸的事情，也能很快地重新适应，而不会长期沉陷于忧愁苦闷之中。

当人蒙受严重打击或委屈后，任何人都会出现情绪反应，焦虑抑郁情绪也在所难免。但不能总是停留在消极的情绪状态，应采取积极的态度，疏导情绪，调整自己对现实的期待，使自己能够面对现实，以最适当的态度适应环境和处理问题，应尽早走出困境，这就是我们所说的康复能力。

5. 对事物反应适度

每个人对事物变化的反应，速度与程度是不相同的。有人反应敏捷，有人反应缓慢；有人反应强度大，有人反应强度小。但是，反应速度与强度差别不能太大。如果有人的反应过于极端，他的心理就不健康。例如学生因考试不及格而一时不高兴，是正常的现象；但若他为此几天饭不吃，觉不睡，甚至有轻生的念头，又找不到足以使其轻生的其他理由，那就是一种心理不健康的状态。反之，对考试不及格无动于衷的学生，心理也是不健康的。

6. 面对现实的表现

心理健康的青少年能够勇敢地面对现实。遇到困难，他们总是勇于承认和接受现实，找出问题所在，寻求最佳的解决方法。相反，心理不健康的人不能较好地适应环境，经常采取逃避现实的态度。他们不敢直视困难时，像鸵鸟一样把头埋在沙里逃避现实；或者做白日梦，从想象的世界中寻求满足。这些方法只能达到自我欺骗的效果，时间一长还会发展成病态人格。

魔力悄悄话

人的身体和心理有密切的关系，心理健康与身体健康是相互依存，相互促进的。心理健康是身体健康的精神支柱，身体健康是心理健康的物质基础。青少年只有具备良好的自我意识，才能够正确地对待自己，才能正确地对待他人以及周围的事物，才可能减少心理压力或应激，才能使自己有恰当的期望值。

青春期心理的主要矛盾

一、理想 "我" 与现实 "我" 的矛盾

人本主义心理学家罗杰斯认为，每个人心中都有一个 "理想自我"。如果 "真实自我" 与 "理想自我" 愈接近，或是 "理想自我" 是由 "真实自我" 为基础发展而来的，那么个人的适应将更为良好，生活也愈为幸福。如果 "理想自我" 与 "真实自我" 差距很大，则会造成 "理想自我" 价值定位过高，因而导致现实中 "真实自我" 的价值不能得到承认，这样便会引发各种心理问题。

每一个成长着的青少年都会有自己的理想，但是理想与现实是有距离的。在现实生活中，当理想不能转变为现实时，必然会产生强烈的心理冲突。这时主要困扰他们的就是理想我与现实我、理想社会与现实社会之间所产生的矛盾。这种矛盾冲突有下面几种具体表现：

1. 高期望与低评价之间的矛盾

青少年学生对未来的期望是非常理想化的。由于青少年学生缺乏理性的、辩证的眼光，使得他们对现实不满。他们会因为社会生活中存在的个别丑恶现象，而把整个社会看成一片黑暗，并全面否定现实生活。青少年对未来的这种高期望是很脆弱的，由于这种高期望和对现实生活不客观的低评价并存，一旦在现实生活中碰到困难，受到挫折，他们马上就会产生悲观、颓废和失望的情绪，无法再以理性的态度对待生活。

这对青少年学生成长是极为不利的。

2. 自我与社会的矛盾

自我与社会的冲突主要表现为青少年学生自身能力与社会对他们的要求之间存在差距和矛盾，也就是说，他们的自我评价和社会评价之间存在着矛盾。

青少年学生中普遍存在对自我的过高评价、过高预期的倾向。而他们的自我过高评价和他们的实际能力以及经验还不能适应社会要求，彼此之间有着无法调和的矛盾。这些不协调经常会给他们带来心理和行为上的打击而产生挫折感，从而影响到他们的社会化进程，甚至影响到他们身心的健康成长。

3. 理想生活与现实生活之间的矛盾

青少年学生把学业的顺利，自我实现，生活的富裕、人际的和谐、职业的稳定等视为理想生活。但由于学业、就业竞争的加剧，使他们感受到现实生活中的压力在加大，理想中的生活难以实现，深深地感到理想生活与现实生活的巨大差距，并由此带来失败感，使他们彷徨、不满，对未来产生悲观失望的情绪。

二、独立性和依赖性的矛盾

青少年身心正处在日趋成熟的阶段，当他们离开家庭，进入了拥有一定社会气氛的校园之后，他们的成人感迅速增强。他们渴望走向独立生活，自信心、自尊心、独立意识都有明显的提高。这就导致了他们一方面渴望独立，一方面又不得不依赖父母的心理冲突。具体表现为：

1. 强烈希望从父母的约束中解放出来

对婆婆妈妈式的说教及过分关心会产生反感，甚至对学校、社会产生反抗情绪，可以说他们的独立意向、主体意识是十分强烈的，但同时他们又缺乏现实生活的能力。

2. 家长要求子女"只要能上大学，什么事都可以不管"

这种思想造成了学生的依赖性。这种依赖性不仅反映在经济上，还反映在生活上，出现了"吃饭、穿衣靠伸手""只要学习好，什么都会有"的不正常现象。

三、自尊与自卑的矛盾

自尊与自卑的矛盾，就是想要得到别人的尊重和实际得不到别人尊重的矛盾。青春期学生自尊心强，独立性强，凡事希望表达自己的意见，按自己的意见行事，不愿意在成人后面随声附和，亦步亦趋；希望得到别人的尊重，而不愿意被别人指手画脚，随意摆布。

自卑心理是不信任自己的能力而害怕失败的一种心理体验，它来源于心理上消极的自我暗示。自卑心理一般产生于学习或品行问题受到多次批评之后，在经历多次失败的体验之后认为自己什么都不行，根本无法赶上别人而放弃自己的努力。甚至不相信自己，对自己持否定态度，丧失独立精神。对自己缺乏客观的认识，在交往中缺乏自信，办事无胆量，畏首畏尾，随声附和，没有自己的主见，一遇到有错误的事情就以为是自己不好。这样导致在自己做任何事都没有勇气和信心。

自尊者表现为，目空一切，愤世嫉俗，以至于拒人于千里之外。总是把个人利益看得高于一切，不惜牺牲他人的利益。主观、固执、敏感、多疑、专横、武断、心胸狭窄。

四、性的渴求与压抑的矛盾

青春期的学生由于性的发育和成熟，出现了与异性交往的渴求。比如喜欢接近异性，想了解性知识，喜欢在异性面前表现自己，甚至出现朦胧的爱情念头等。但由于学校、家长和社会舆论的约束、限制，使青春期学生在情感和性的认识，存在着既非常渴求又不好意思表现的压抑的矛盾状态。表现为：

1. 对性知识的渴求

由于性生理的发育，性意识的发展，青少年学生渴望了解性知识，探寻性生理的奥秘。这是性心理健康发展的需要。

2. 对异性的爱慕

青春期的学生喜欢异性，愿意与异性交往。男学生对异性爱慕的特点是外露和热烈，英姿勃发，但显得粗犷。女学生对异性爱慕的情感特点是既内涵深沉，显得娇媚、自尊，又略带羞涩、执拗。

3. 性欲望与性冲动

进入青春期后，出现性欲望和性冲动，是发育中的正常生理和心理现象。但要适时引导与调节。

五、自制性与冲动性的矛盾

青少年学生做事充满热情和激情，但他们的情绪极不稳定，非常容易受到外界的影响，情绪变化快，易冲动。

有时会因小小的成功而欣喜若狂；也会因偶尔的失利而灰心丧气；

也会因为一点不满而暴跳如雷。他们的情绪总在两极摆动，不能及时有效地控制自己的情绪。

他们对自己喜爱的事情，会表现得满怀激情，积极主动；对自己不感兴趣的事情，不管是否重要都避而远之。

他们在与人的交往中，主观上希望自己能时时自觉地遵守规则，但客观上又往往难以较好地控制情绪和言行，鲁莽行事，使自己陷入更大的麻烦之中。

青少年学生的情绪、情感经常处于大起大落的状态而难以及时地加以控制。

六、开放性与闭锁性的矛盾

由于自我意识的发展，青少年学生常常对自己的内心世界进行细致而全面的探索、反省，希望有一个属于自己的自由空间。

青少年自尊心强，思想情感和个人秘密不愿与他人分享，于是就形成了既想让他人了解自己，又害怕被他人了解的矛盾心理。如果此时家长和教师不能正确地理解和对待这些问题，极易造成青少年心理上的闭锁性。

这种闭锁性导致了他们与父母、师长及熟悉人之间交流的困难，而感到缺乏可以倾诉衷肠的知心人，便产生了难以名状的孤独感。此时，他们又非常希望自己的情感有一个宣泄的对象，有一帮可以倾心交流的朋友。

实际上，在青少年整个成长时期非常有必要与他人建立起亲密关系以满足其情感交流的需要，但由于每个人的性格、喜好等的差异，使得他们的这种渴求无法实现，只好与自己诉说，把自己的想法和要说的话写在日记里。

青少年心理上的这种双重性，使其情感生活变得更加不能让别人、让自己理解。

活力——春色满园关不住

青春期是人生的重要时期，青少年正是要经历这样的矛盾斗争，才能够更加深入地思考和反省自己，才能慢慢地走向成熟，这是一个既自然又必然的过程。

魔力悄悄话

青少年在青春期，特别需要父母的支持和理解，学校的教育和引导，社会的关爱和宽容。如果家庭、学校、社会都能给予他们友善的理解，及时有效的帮助，就能让他们顺利地度过青春期，成长为身体健康、人格完善的人。

青春期心理健康教育的作用及意义

    青少年是祖国的未来，民族的希望。重视和开展青春期教育，对青少年学生进行心理健康教育和辅导，提高他们的心理素质，健全他们的人格，增强承受各种心理压力适应社会发展的需要和处理心理危机的能力，这不仅关系到青少年一代的健康成长，还是关系到国家前途，更关系到民族兴旺繁荣的重大课题。

一、青春期心理健康教育促进青少年身心健康成长

    青春期是人身心发生剧烈变化的时期，也是精力旺盛，兴趣广泛，对人生充满幻想的时期。由于生理发育日趋成熟，生理上的快速成熟与心理发展的相对缓慢产生了矛盾。这种身心成熟程度的时差，带来了急剧而复杂，广泛而深刻的心理矛盾。青春期是人生非常关键的时期，也是人生的最关键的转折时期。由于情绪上带有冲动性，表现出缺乏自制、易躁动、易产生逆反心理。同时由于认知上的不成熟，也易受到社会不良风气的影响，染上不良习性。另外，随着社会、经济的快速发展，文化的变迁，环境的改变和污染，家教的滞后等因素的影响，更加剧了青少年的心理和行为问题的严重性。

    据世界卫生组织公布的有关统计数据显示，19%的少年儿童自杀的原因是害怕受到惩罚，18%患有心理疾病，有心理障碍的少儿最容易诱发自杀。如在国外小学生同老师恋爱，学生拿手枪残杀同学和父母，日本小学生集体自杀等等，这些例子都充分说明青少年心理行为问题的日

趋严重。

国内的相关调查资料表明，青少年不良行为的检出率为12.97%，在人际关系、情绪稳定性等方面的问题更为突出，如焦虑不安、恐惧、神经衰弱和抑郁情绪等问题的人数占青少年总数的16%以上。另一份调查统计结果，有近20%的学生对困难、压力难以承受，产生了懒惰、烦躁、自闭，焦虑、抑郁等情绪；有部分青少年甚至出现了厌世和暴力倾向，曾有自杀念头的学生占被调查者的10.9%，曾做好自杀准备的学生占4%。

北京师范大学心理学院辛自强博士带领的课题组，最新的研究成果显示：近十几年来，青少年的心理健康水平在下降，如心理的焦虑水平、抑郁水平等逐渐增多或增高。例如从1992年到2005年，青少年的焦虑得分增加了约8%，敌对心理得分增加了近8%；从1989年到2005年，抑郁得分增加了约7%。同时，部分积极的心理特征，如自尊水平却在逐渐下降，从1997年到2007年青少年自尊得分下降了11%。

青少年是世界上最重要的资源，他们的健康、智能、知识和精力都将决定世界的未来。这个时期的青少年迫切需要家长、教师及其他成年人给予理解、关怀、引导，帮助他们顺利地度过人生的特殊时期。

社会发展给人们提供了一种十分复杂的生活方式。这就要求青少年具有比有丰富社会经验的成年人更好的社会适应力和心理承受力，具有更加灵活的心理调节能力。青春期心理健康教育可以使青少年更加蓬勃向上，把青春的活力用到努力学习和提高思想道德及科学文化素质上来，促进人格的全面发展和社会化进程，强化社会角色的责任感和义务感，使他们成为符合社会期望、适应时代发展潮流的一代。

二、青春期性心理健康教育是青少年健康幸福的保证

随着生活水平的不断提高，青少年学生的生理发育提前了。由于他们心理准备不足，对第二性征的出现容易产生恐慌，一系列"成长的烦

恼""成长的问题"纷至沓来。例如有的女孩因为月经来潮吓得大哭；男孩因为第一次遗精而惊慌失措，如果这些问题得不到及时的指导，就会出现一些心理问题。

性与生殖健康是青少年健康成长和发展的重要组成部分，但由于传统观念束缚，无论在学校还是在家庭都不能公开、坦诚地向孩子传授性知识，使青少年在接受系统、科学的性知识教育方面遇到很多阻碍，各种不健康的信息的获取反倒畅通无阻，致使青少年性犯罪率不断上升。

青春期性心理健康教育要符合青少年生理发育的特征和心理特点，符合国情民俗的心理承受能力，遵循可能性和科学性的原则。引导他们正确地对待自己身体的变化，正确地处理男女同学之间的交往。

另外，还要让他们认识到两性之间的交往和建立关系必须受到社会的制约，受到社会道德、传统、习俗的制约，也受到法律的制约，而这些制约正是为了确保青少年未来的事业成功，家庭幸福和整个社会的稳定。

三、加强青少年德育工作的重要措施

1994 年 9 月颁布的《中共中央关于进一步加强和改进学校德育工作的若干意见》中就指出："要积极开展青春期卫生教育和指导，通过各种方式对不同年龄层次的学生进行心理健康教育的指导，帮助学生提高心理素质，健全人格，增强承受挫折的能力，适应环境的能力。"在学校教育中，往往是重视了德育工作，忽视了心理健康教育。实际上德育与心育两者是相辅相成，互为补充的。健康的心理素质是高尚道德品质得以形成的沃土，而高尚的道德品质又会促进青少年心理素质的进一步提高。所以，我们说青春期心理健康教育对于加强和改进德育工作有着极其重要的作用。例如在学校里经常会发生学生厌学旷课、考试舞弊、男女交往失当等行为问题。又如，意志品质好的学生的心理品德应该是勇敢、坚毅、积极向上的，对待困难会采取勇敢面对的态度，并能够自觉抵制不道德的念头、行为和外界干扰，这就是意志在道德行为活动中的体现，我们把它叫作道德意志。如果意志品质消极的学生，他对人生和事业会表现出信心不足和自卑，对待困难会采取消极逃避的态度，更没有力量抵制不符合道德要求的信念、行为与外界干扰。他的人生也一定是不快乐、不幸福的。这里既有思想方面、品行方面等原因，更伴有心理方面的原因。在不少学生的品行问题中，常常与心理问题交错在一起，所以德育工作必须以积极的情感体验为基础，将心育与德育有机结合，坚持知行统一的原则。

青少年是国家的未来，青春期心理健康教育是全人教育的一个重要方面，它能够帮助青少年树立正确的学习观、世界观、人生观和价值观，使他们拥有美好的理想、高尚的道德和完善的人格。

魔力悄悄话

青少年是世界上最重要的资源，他们的健康、智能、知识和精力都将决定世界的未来。这个时期的青少年迫切需要家长、教师及其他成年人给予理解、关怀、引导，帮助他们顺利地度过人生的特殊时期。

第二章 认识自我的活力

成功可以改善自己的生存状态，也可以获得他人尊敬。若要成功，就应该知道个人的优势是什么，然后将个人的生活、工作和事业发展都建立在这个优势之上。

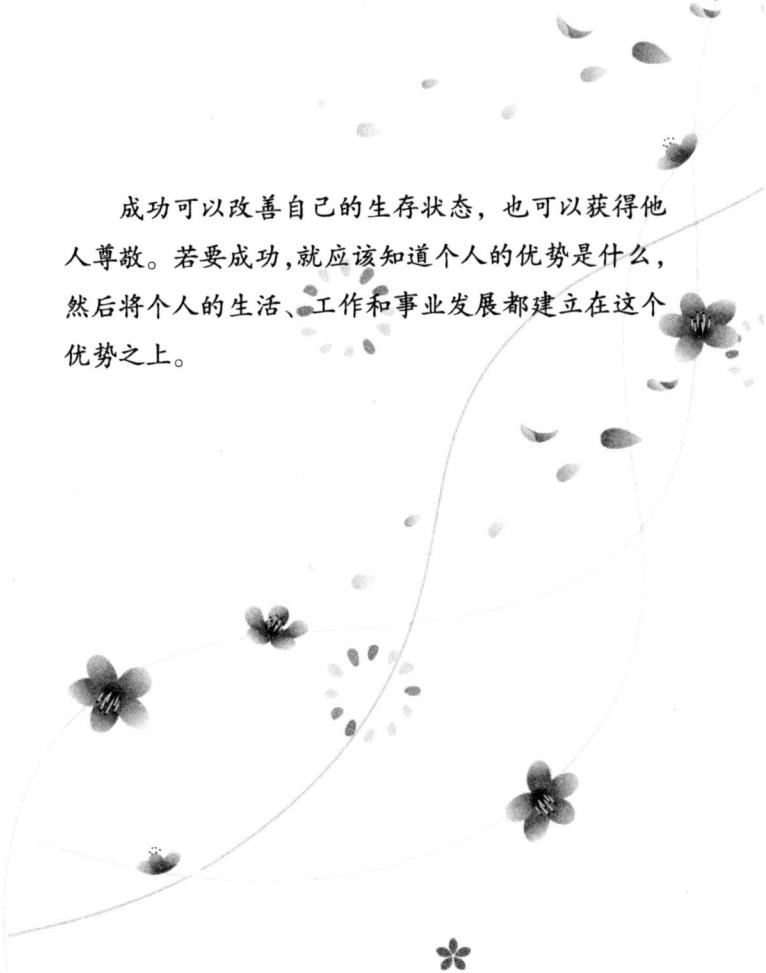

认识自己的能力

1. 知道个人的优势

成功可以改善自己的生存状态，也可以获得他人尊敬。若要成功，就应该知道个人的优势是什么，然后将个人的生活、工作和事业发展都建立在这个优势之上。请看下面这个故事吧。

为了和人类一样聪明，丛林里的动物们开办了一所学校。开学典礼的第一天，来了许多动物，有小鸡、小鸭、小鸟还有小兔、小山羊、小松鼠。学校为它们开设了 5 门课程，唱歌、跳舞、跑步、爬山和游泳。

当教师公布，今天上跑步课时，小兔子兴冲冲地在体育场跑了一个来回，并自豪地说："我能做好我天生就喜欢做的事！"而再看看其他小动物，有噘着嘴的，有阴着脸的。第二天一大早，小兔子蹦蹦跳跳来到学校。教师公布，今天上游泳课，小鸭也兴冲冲地一下跳进了水里。天生恐水，祖上从来没人会游泳的小兔傻了眼，其他小动物更没了招。

接下来，第三天是唱歌课，第四天是爬山课……以后发生的情况，便都一样了。

2. 做自己擅长的事情

每个人都想成功，然而一个人要做自己擅长的事情，才能获得成功。非常有名的文学家爱默生在哈佛大学求学时曾看过一个他启迪颇多的故事：

一只秃鹰飞过王宫，看见王宫中的一只黄莺十分受到国王的宠爱，于是就问黄莺："你是怎么得到国王宠爱的?"

黄莺回答说："我到王宫后,唱歌十分动听,国王非常喜欢听我唱歌,于是十分喜欢我,就经常拿珍珠来打扮我。"

秃鹰听了,心中很是羡慕,它想:"我也应该学学黄莺,这样说不定国王也会喜欢上我的。"于是它就飞到国王睡觉的地方,开始叫起来。正好国王在睡觉,听了秃鹰的叫声,感到十分恐怖,就叫属下去看看是什么东西在叫。国王感到十分愤怒,就吩咐手下去把秃鹰抓来,并命令拔光秃鹰的羽毛。

秃鹰浑身疼痛,满是伤痕地回到鸟群中,它恼羞成怒,到处对别的鸟儿说:"这都是黄莺害的,我一定要报仇!"

3. 人要有自知之明

李白曾有"天生我材必有用"一句,认为凭个人的知识一定能做个左丞右相,尽展其才,并且"仰天大笑出门去",却最终仕途多折,才刚刚博得唐玄宗一点好脸色,他就轻狂得不得了,又是让皇帝的大舅子磨墨,又是让大内总管给他脱靴,就差让皇帝老儿给他挠痒痒了。

陶渊明先生亦是好不容易混了个一官半职,无非是在领导视察时受了点难堪,就拍桌子辞了官,来个"潇洒走一回"。

苏轼大哥某日在主考官欧阳修的慧眼识珠之下中了个进士,却因母亲病逝回家守孝3年;过了几年又因为父亲仙去而守孝,一守又是10年。最后只能看着同去京都考试的弟弟步步高升,于是在赤壁旅游的时候念着周瑜,落得个被笑"多情"。

可见,3位只能做文学家,却不是做官的料。青莲居士的狂傲,渊明老兄的胸无城府,苏轼大哥的在不能两全的忠孝前舍"熊掌"而取"鱼",使得他们前途无"亮"。这都是他们无自知之明而造成的。不了解个人不适应官场的尔虞我诈,纸醉金迷,只有在远离仕途时才创造出大量优秀的文学作品。李诗仙的盛名不是在朝廷之外得的吗?田园老祖可以在大内种田吗？东坡居士日理万机之时能创立豪放一派词风吗？

4. 找到自己的长处

非常有名的童话大王郑渊洁是一个充满传奇色彩的人物。

郑渊洁是我国著名童话作家、慈善家、演讲家。很多七八十年代的孩子都是看着他的童话长大的。

郑渊洁1955年出生于河北一个军官家庭。其父原籍山西浮山。其母原籍浙江绍兴。祖父和外祖父都是医生。他在北京长大，1978年选择用母语写作作为谋生手段。是1985年创刊至今的《童话大王》半月刊的唯一撰稿人，创刊25年总印数逾亿册。其作品字数达2000万字。皮皮鲁、鲁西西、罗克、舒克和贝塔是他笔下塑造的形象。郑渊洁创作童话31年，作品已售出1亿5千万册。

然而很多人并不知道，郑渊洁在读小学时，好几门功课成绩非常不好，数学总是不及格。教师说："郑渊洁，将来咱们班最没出息的那个人，就是你！"但是，郑渊洁并不这么看自己，他觉得自己虽有不足，但也有许多长处。

比如，自己富有想象力，看到一棵小草、一个茶杯、一把钥匙，就能编出一个故事来；自己的作文写得不错，有时还被教师当成范文读给同学听。数学不好，并不影响他在写作方面的发展。

因此，他便注意在这方面训练自己，终于成了非常有名的童话作家。

5. 发掘自己的潜能

一个音乐系的同学走进练习室……钢琴上正摆着一份全新的乐谱。"超高难度！"他翻动着，喃喃自语，感觉个人对弹奏钢琴的信心跌到了谷底，消磨殆尽。

已经3个月了，自从跟了这位新的指导教师之后，他不知道，为什么教师要以这种方式整人。

勉强打起精神，他开始用10只手指头奋战、奋战、奋战……琴声盖住了练习室外教师走来的脚步声。

指导教师是个大师。开课第一天，他给新学生一份乐谱。"试试看吧！"他说。乐谱难度颇高，学生弹得生涩僵滞，错误百出。"还不熟，回去好好练习！"教师在下课时，如此叮嘱学生。

学生练了1个星期，第二周上课时正准备让教师验收，没想到教师又给了他一份难度更高的乐谱。"试试看吧！"上星期的课，教师提也没提。学生再次挣扎于更高难度的技巧挑战。

第三周，更难的乐谱又出现了。同样的情形持续着，学生每周在课堂上都被一份新的乐谱所困扰，然后把它带回家练习，接着再回到课堂上，重新面临两倍难度的乐谱，却怎么样都追不上进度，一点也没有因为上周的练习而有驾轻就熟的感觉。学生感到越来越不安、沮丧和气馁。

学生忍无可忍了，他必须向钢琴大师提出这3个月来何以不断折磨自己的质疑。但教师没开口，他抽出了最早的第一份乐谱，交给学生。"弹奏吧！"他以坚定的眼神望着学生。

不可思议的事情发生了，连学生个人都惊讶万分，他居然可以将这首曲子弹奏得如此美妙，如此精湛！教师又让学生试了第二堂课的乐谱，学生依然呈现超高水准……演奏结束，学生怔怔地看着教师，说不出话来。

"如果，我任由你表现最擅长的部分，可能你还在练习最早的那份乐谱，就不会有现在这样的程度。"钢琴大师缓缓地说。

有人曾做过一个十分有趣的实验：让学生投掷竹圈，去套前面地上的圆柱。

学生们第一个问题就是："该站在哪儿投掷呢？"

实验者回答道："没有规定，由你个人选择。"

学生们听后觉得奇怪，他们起初站在距圆柱很近的位置去投掷，成功率很高。

可投了几次之后，便觉得那样做没有意思，于是就自行退到较远的位置，结果命中率自然大大降低。

就这样一会儿靠前，一会儿靠后，学生们最终确定了最适当的位置，那就是投掷命中率约在50%左右的地方。

魔力悄悄话

成功可以改善自己的生存状态，也可以获得他人尊敬。青少年若要成功，就应该知道自己的优势，然后将个人的生活、学习和事业发展都建立在这个优势之上。

与朋友交往的活力

1. 知己知彼

华尔顿是靠经营小商店发大财的。他最初在阿肯色州开了一家小商店，由于经营得当，现已拥有1000多家分店，经营体系遍布全美各地。据美国一份权威性的杂志《福布斯》分析：华尔顿已是全美国最富有的有钱人之一。

华尔顿的经营管理方式很独特：他的1000多家分店全都分布在人口只有两三万的小城镇，考虑到小城镇中下层人们的实际经济情况，所卖的商品都是中低档廉价的生活必需品，并且是让售货员上门推销。

华尔顿在招收新职员的时候，要求他们必须购买本公司的股票，以使所有职员产生向心力，让他们时刻感到：我工作不仅是为公司赚钱，同时更是为了个人，因为个人的命运是与公司的命运紧密相连的。华尔顿面目和善，经常面带微笑，给人一种和蔼可亲的感觉。他称他的职员是"同事"而非"雇佣的员工"。他经常巡视他的小商店，以至经理办公室经常没人。他激励属下好好干，争创一流，公司职员均把他当作可亲可敬的父辈，工作起来很是卖力。他也常在停车场或街上询问顾客，问他们在店中是否受到热情周到的接待，有什么想买而买不到的东西，是否喜欢镇上的商店，店中卖的商品价格是否合理等等。

对于这位慈眉善目的白发老人，人们往往停住脚步，无所顾虑地讲出心里话。华尔顿则根据这第一手资料来切实改善商店的经营范围和经营作风，尽力做得使顾客满意。正是这种独特的经营方式和经营作风，使他的商店赢得了顾客，同时，也给他带来了丰厚的利润。

华尔顿在建立激励机制方面具有突出的成绩，这也是他成功的重要条件。他为了使店员们都自觉地有所成就，在物质上给予有成绩者加薪奖励；在精神上，发一些徽章和彩带之类的纪念品，并且建立了"光荣榜"制度，每周都有几个店荣登金榜。与此同时，他又组建"打击队"，对上榜的店进行突击检查，看他们是不是无愧于"光荣榜"。他的这种激励机制大大增强了店员的责任感和荣誉感。一次，在他召开职工大会时，他突然站起来大吼："谁是全国第一家？"所有职员都齐声回答："华尔顿连锁店。"

人际关系如何是衡量一个人成功与否的标志，也是创造财富的有效方法，所谓人际关系，就是感情和关系网络。一个人的事业成功靠的就是70%的人际关系，全世界最成功的人都是人际关系较好的人。"多个友人多条路"，再顶天立地的英雄，离开别人的帮助也将一事无成。

人们常用"知音"一词形容朋友之间的深情厚谊，说起"知音"一词的来历，还有一段脍炙人口的故事呢。

春秋时期，有位著名的琴师姓俞名瑞（生卒年不详），字伯牙。他曾拜当时的大琴师成连先生学琴，学了3年，没有多大的长进。后来，他随成连先生游东海蓬莱山，听到大海汹涌澎湃的涛声，群鸟欢唱悲凄的叫声，对音乐的悟性大开，就操起琴弹奏起来，从此琴艺大长，享誉各诸侯国。遗憾的是，他的琴艺越高，就越难碰上知音。

伯牙是楚国人，却在晋国做官，担任上大夫。他奉晋王的命令出使楚国，完成使命后，他辞谢楚王，从水路返回晋国，船到汉阳江口，已是傍晚时分，这天正是八月十五日中秋节，突然狂风巨浪，大雨倾盆，行船受阻，便把船停靠在汉阳江口的山崖之下。不久，风停浪静，天空明朗，一轮圆月高挂天空。雨后的月亮越发显得明净迷人，远山播撒着一层银光，江面上波光粼粼，空气清新，沁人肺腑。这美景，怎不令人心旷神怡呢？

伯牙一时琴兴大发，急命书童焚香摆琴，坐下来调好弦，专心致志地弹奏起来。弹奏间，一抬头，他猛然发现山崖之上有一个人，一动不动地站在那儿，他心里一惊，手指稍一用力，一根琴弦"啪"的一声断了。

伯牙心里正在疑惑，突然那人大声说："先生不要疑心，我是打柴的人，因打柴下山晚了，遇上大雨，在山岩上避雨，听到先生弹琴，琴艺绝妙，不由得驻足听琴。"

伯牙心想："他是一个樵夫，怎么能听懂我弹的琴呢？"于是就和他攀谈起来："你既然能听琴，那么请说说，我刚才弹的是什么曲子呢？"

那人笑着说："先生刚才弹的曲子是'孔子赞叹弟子颜回'的琴曲，弹完第三句的曲子时，可惜琴弦突然断了。"

伯牙听了大喜，想不到这荒山野岭之中，居然有人能听懂他弹琴，便邀请那樵夫上船细谈。那樵夫走上船来，伯牙借着月光看那人，果然是樵夫装束，身材魁梧，举止气度不凡。伯牙给他让座，那樵夫一眼看见伯牙的琴，审视一番，说："先生这琴可不是一把普通的琴啊！"

伯牙问道："难道你还知道这把琴的来历？！"那樵夫说："这是瑶琴，传说是伏羲氏所造。"伯牙又是一惊，心想，这樵夫肯定不是一般的人。那樵夫接着说这瑶琴当年是如何截取上等梧桐木料精心制作而成的，最初只有5根弦，后来周文王添了一根弦，称之文弦，周武王又加一根弦，称之武弦，共7根弦，所以叫作文武七弦琴。又讲到瑶琴有什么优点，在什么情况下不弹琴，怎样才能弹好它等等，对瑶琴的一切都了如指掌。

伯牙心中不仅佩服那樵夫的知识广博，更是觉得惊奇。但是，转而又想，也许他是凭记忆得来的学问，何不弹奏几曲给他听听，考他一考。

主意已定，伯牙边与那樵夫交谈，边把琴弦续好，请那樵夫辨识所弹的曲调。伯牙说话虽然不露声色，但心里已暗暗确定了弹奏的内容，这次不弹现成的曲子，而是按自己随意所想，用琴把所想的情境表现出来。

他沉思了一会，手起时，琴声雄伟、高亢、激越，使那樵夫产生了共鸣，情不自禁地赞叹道："好啊！挺拔巍峨，气势磅礴，先生把高山的雄峻表现得太深刻了。"

伯牙不露声色，凝思一会，又弹奏起来。这次完全是另一种风格的曲调了，那樵夫不禁又赞叹道："好啊！弹得太好了，低似涓涓细流，亢如波涛汹涌，浩浩荡荡，幽回九转，先生把潺潺流水述说得太形象了。"

伯牙大惊，那樵夫竟然两次都把伯牙所想所弹的说得丝毫不差。这时，伯牙才想起问对方尊姓大名，那樵夫名叫钟子期（生卒年不详），伯牙也报了自己姓名。伯牙弹琴那么长时间了，走过的地方也不少，还没遇到过像钟子期这样知音的人，钟子期久居乡里，更没有碰到过技艺像伯牙这样高明的琴师。两人都大有相见恨晚之感。伯牙吩咐仆人上茶斟酒，两人边饮边谈，当即结拜为兄弟，并约定第二年的中秋节在汉阳江口相会。两人一直谈到天亮，挥泪而别。

第二年中秋节，伯牙按约定日期赶到汉阳江口。可是，等了好长时间，始终不见钟子期出现。去年同一天夜晚，同一个地点，同样的月光，就是没有知音钟子期了！伯牙触景生情，心急如焚，便弹琴来召唤钟子期，那思念知音的琴声在夜空中飘荡，传向远方，可是，钟子期还是踪影全无。伯牙躺在床上，辗转反侧，怎么也睡不着，好不容易等到天边发白。伯牙急忙起床，梳洗之后，背上瑶琴就向钟子期居住的集贤村走去。

当他走到一个十字路口，正不知该走哪条路的时候，一位满头白发，面容憔悴，一手拄拐杖，一手提着竹篮的老人走了过来。伯牙赶快上前施礼，打听集贤村的钟子期，并说自己是他的朋友俞伯牙。

老人听了俞伯牙的话，老泪纵横，竟然痛哭起来。俞伯牙感到蹊跷，不知所措，只听到那老人说："我就是子期的父亲。自从你们分手后，子期因劳累过度，积劳成疾，已不幸离开人世。他曾经告诉过我，去年的八月十五中秋节晚上曾经和先生在江边相会，并约定今年八月十五中秋节再见面叙旧。他临死前留下遗言，死后把他埋在江边，能听先生弹琴。"

伯牙听了老人的述说，悲痛不已。在老人的引导下，他来到江边子期的坟前。眼望江面，去年八月十五的情境又历历在目。可是，事过境迁，自己唯一的知音——钟子期已长眠地下了，怎能不令人伤感呢？

伯牙架起瑶琴，席地而坐，弹奏起来。琴声哀怨，如泣如诉，充满了伯牙对子期深深的怀念之情和对子期逝去的悲伤之痛，但是，这些，谁人又能理解呢？曾经有过，那就是子期。可是，现在唯一的知音已经离开了人世，今后我还弹琴给谁听呢？琴声戛然而止，只见伯牙悲伤至极，他挑断琴弦，举起那珍贵的瑶琴，猛然砸在石块上，瑶琴被砸得粉碎。

为了纪念这两位"知音"的友谊，后人在汉阳的龟山脚下，月湖侧畔，筑起了一座古琴台。

2. 真正的朋友

管仲和鲍叔牙年轻时就是很要好的朋友，经常在一起，彼此都很了解。后来，他们都在春秋初期的齐国宫廷做官，管仲辅佐齐公子纠，鲍叔牙辅佐齐公子小白，两人各事其主。

公元前694年，齐国宫廷发生内乱，为避祸端，管仲和召忽护送公子纠到了鲁同；鲍叔牙护送公子小白投奔卫国。公元前685年春，齐国国君被人杀害，在公子纠和公子小白之间发生了一场争夺国君继承人的激烈的政治斗争。公子纠在鲁国的支持下，日夜兼程赶往齐国，并派管仲带兵在卫国通往齐国的路上拦击公子小白。双方遭遇，公子小白没有多少兵马，抵挡一阵之后，只好逃命，管仲上前追杀，张弓搭箭，一箭射中小白，幸亏箭被腰带挡住，小白才免于一死。公子小白借势咬破舌头，喷出一口鲜血，倒在地上佯装被射死。管仲被小白蒙混过去，对他的死深信不疑，便带兵护送公子纠回齐国去了。鲍叔牙开始是紧随小白左右的，混战之中他与小白被打散了，管仲走后，他找到了小白。这时，小白因伤痛晕了过去，鲍叔牙也以为小白死了，伏尸痛哭。小白被鲍叔牙痛哭时左右摇动，苏醒过来。鲍叔牙见状，悲喜交加，连忙把小白扶起，解下那救命的腰带，召集所剩随从，抄小路率先赶到齐国都城，夺得了王位，号称齐桓公。那时，齐强鲁弱，小白即位后，逼鲁国杀了公子纠，引渡管仲，这场争夺王位的斗争才告结束。

鲍叔牙辅佐齐桓公取得了君位，国相这个职务当然非他莫属了。但是，当齐桓公任命他为国相的时候，他一再推让并力荐管仲。鲍叔牙对齐桓公说："您如果仅仅打算让齐国好的话，有我等一班人辅佐就足够了，但如果您想使齐国强大，称霸诸侯，那就非管仲辅佐不可。"齐桓公问："为什么呢？"鲍叔牙说："我有5点不如管仲：对人民宽厚仁爱，使他们能够丰衣足食，我不如他；治理国家能够维护国家尊严，不丧失国家主权，我不如他；团结人民，并使他们心悦诚服，我不如他；根据礼义原则制定政策，使所有的人都能共同遵守，我不如他；临阵指挥，使将士勇往直前，我不如他。而这5个方面，正是执政者所不可缺少的啊！"

齐桓公本来是要亲自处置管仲的，但是，听了鲍叔牙的介绍后，他不计一箭之仇，任命管仲为大夫，后又拜他为上卿，主持国家政务。管仲果然不负所望，他"相桓公，霸诸侯，一匡天下（管仲辅佐齐桓公，称霸诸侯，扭转了天下的混乱局面）"，维护了中原地区的先进文化和社会安定。就连孔子也不得不称赞他说："没有管仲，现在我们大概都要披着头发，穿着敞开衣襟的衣服，受着异族的统治，成为野蛮人了。"鲍叔牙对管仲一贯的照顾、关心和爱护，管仲心里是清楚的，也非常感激他。管仲说："我当初贫困时，曾经与鲍叔牙一起做生意，在分财利时，我总要多分一些，但鲍叔牙并不认为我贪财，他体谅我家里穷，需要钱用，我曾经帮助鲍叔牙去办事，结果事没办成，但鲍叔牙并不认为我愚蠢无能，还常常宽慰我；我曾经三次做官，三次被君主罢免，但鲍叔牙并不认为我没有才干，而是认为我没有碰上识才的君主；我曾经三次打仗，三次败逃开了小差，但鲍叔牙并不认为我怯懦怕死，他知道我有老母在家，需要照顾；公子纠和公子小白争夺王位，公子纠失败被杀，当时我和召忽都侍奉公子纠，召忽为保全气节自杀了，而我却被囚禁起来，忍受屈辱，但鲍叔牙并不认为我不知羞耻，他知道我不羞于小节，而以功名未显扬天下为羞耻。生我的是父母，而真正了解我的是鲍叔牙啊！"管仲说的这段话如果以我们今天的评价标准来衡量，当然问题不少，比如说，打仗开小差，怎能以家中有老母亲需要照顾为理由呢？但是，这段话也可以给我们一些启示，任何人都是有缺点的，看一个人要看他的本质和主流，做到量才使用。

两千年前的鲍叔牙就知道这个道理，极力推荐管仲，为齐国的强盛做出了卓越的贡献。

管仲被任命为上卿后，鲍叔牙心甘情愿位居管仲之下，所以，当时以及后世不仅称赞管仲的才干，而且更加称赞鲍叔牙的识才让贤。后来，管仲与鲍叔牙的友谊被视为知己的典型，人们常常把朋友之间的诚挚友谊称为"管鲍"。

魔力悄悄话

朋友是人一生最宝贵的财富之一，青少年在充满活力的青春期更应该重视友情，交好知心朋友，为将来的人生发展打下良好的人际关系基础。人生没有朋友，犹如人生没有了太阳。

自我的行动力

1. 成功从自我做起

沙伦是一个小姑娘，不过她有一个坏习惯，像很多拖沓的孩子那样，她每做一件事，都把时间花在不必要的准备工作上，而不是马上行动。

和沙伦住在同一个村子里的苏敦先生有一家水果店，里面出售像本地产的草莓这类水果。一天，苏敦先生对贫穷的沙伦说："你想挣点钱吗？"

"当然想，"她回答，"我一直想有一双新鞋，可家里买不起。"

"好的，沙伦。"苏敦先生说，"格林家的牧场里有很多长势很好的黑草莓，他们允许所有人去摘。你去摘了以后把它们都卖给我，1 夸脱我给你 13 美分。"

沙伦听到可以挣钱，非常高兴。于是她迅速跑回家，拿上一个篮子，准备马上就去摘草莓。这时，她不由自主地想到，能先算一下采 5 夸脱草莓可以挣多少钱比较好。于是她拿出一支笔和一块小木板，计算结果是 65 美分。

"要是能采 12 夸脱呢？"她计算着，"那我又能赚多少呢？""上帝呀！"她得出答案，"我能得到 1 美元 56 美分呢。"

沙伦接着算下去，要是她采了 50、100、200 夸脱，苏敦先生会给她多少钱。她将不少时间花费在这些计算上，一下子已经到了中午吃饭的时间，她只得下午再去采草莓了。

沙伦吃过午饭后，急急忙忙地拿起篮子向牧场赶去。而许多男孩在午饭前就到了那儿，他们快把好的草莓都摘光了。可怜的小沙伦最终只采到了1夸脱草莓。

回家的途中，沙伦想起了教师常说的话："办事得尽早下手，干完后再去想。因为一个实干者胜过100个空想家。"

有一次，爱因斯坦为了物色助手，从一个村子里找了2个人：一个愚钝，一个聪明。爱因斯坦找了一块两英亩左右的空地要求他们使用同样的工具，让他们比赛挖井，看谁最终先挖到水。

愚钝的人二话没说，便脱掉上衣大干起来。聪明的人稍做选择也大干起来。两个小时过去了，两人都挖了两米深的井，竟然没见到水。聪明的人断定个人选择错误，便另选了一块地方重挖。愚钝的人仍在原处挖，但身体渐渐有些吃不消了。2个小时又过去了，愚钝的人仍在原处吃力地挖着，而聪明的人又开始怀疑个人的选择，就又选了一块地方重挖。又过了2个小时，愚钝的人挖了半米，而聪明的人又挖了两米，此时两人均未见到水，这时聪明的人便泄气了，断定此地无水，便放弃了挖掘，离去了。而愚钝的人虽然也支持不住了，他仍坚持在原地挖掘，在他刚把一锨泥土掘出时，奇迹出现了，只见一股清水汩汩而出。结果，这个愚钝的人被爱因斯坦选做助手。后来爱因斯坦说：有时成功需要一种近乎愚钝的力量，那就是锲而不舍，扎扎实实！

愚钝的人以个人的扎实肯干博得了爱因斯坦的青睐，而且为个人开拓了一条成功的道路。

2. 认识自己的性格

要说谁是世界宾馆业的龙头老大，那大约非希尔顿莫属了。事实上，没有谁能够真正知道希尔顿拥有多少财富，但从这个有钱人所拥有的宾馆王国的规模来看，称他为世界"宾馆之王"一点也不过分。

希尔顿在全世界拥有的豪华宾馆除了分布在美国外，在波多黎各、巴拿马、墨西哥、西班牙、土耳其，在布鲁塞尔、悉尼、曼彻斯特、香港等地到处都可以感受到希尔顿的宾馆在家门口的辐射力。

但是，鲜为人知的是，出身寒微的希尔顿从一生下来就讨厌旅馆，那么，是什么原因促使他从事宾馆业的呢？又是什么原因使他的事业蓬勃发展起来的呢？

希尔顿原来开了一个只有5个房间的小旅馆，工作的艰辛和就业的压力使当时只有20岁的希尔顿打算开银行。但是，他的银行刚开张不久，第一次世界大战爆发了，他被迫放弃银行生意参了军，以中尉军官的身份开赴海外作战。战争结束时，他退役回家，带着5000美元想在银行界求发展。不过无情的生活又一次击碎了他的梦想：银行的利息只够混饭吃，哪来钱实现个人的伟大抱负？

就在他束手无策时，他得知得克萨斯州发现了石油，有人在那里采挖石油，一夜之间就成了百万富翁。这个消息使希尔顿怦然心动，他想冒一次险。于是，年轻的希尔顿筹集了3.7万美元的资金来到了得克萨斯州的塞斯库镇，这是当时石油开发区的一个新兴城镇。然而，他一踏上塞斯库镇就感到失望了，他这点钱用于石油开采简直是杯水车薪。此时的希尔顿已经31岁了，而立之年仍无所成就，甚至还没有确定个人事业的方向，一想起这些他就烦躁不安。他想，也许只有脚踏实地地干下去才能摆脱现在窘困的状况。

这一天，闲逛了一天的希尔顿又困又乏地来到一家叫玛布雷的旅馆里，想找个房间休息一下，但旅馆已客满，每个房间不单住满了人，而且店里还规定一个房间一天一夜分3次出租，每个人只准住8个小时，也就是说，住一天一夜就要付其他地方旅馆的3倍房租。尽管如此，很多找不到房间的人宁愿花这样的钱睡在旅馆的桌子上。

这种情况使希尔顿非常吃惊，他以前开的旅馆可从没出现过这种情形。在同店老板聊天中，得知他打算卖掉这个店去采挖石油。希尔顿此时已决定旧业重操，他同店老板商谈，一口敲定用他身上的37000美元买下了玛布雷旅馆。从此，希尔顿拥有了他个人的第一个旅店，为他未来的宾馆王国奠定了一个初步的基础。

希尔顿有句名言叫："最低的消费，最高的服务。"他非常注重社交礼仪和改善服务质量。他的玛布雷饭店经过重新装修开张后，忽然一个女顾客向他提出抗议，她说厕所门上写"女人"而不写"女士"是对她的侮辱。希尔顿听了之后连连向她道歉，并立即派人把"女人"改成

"女士"，还把男厕所的"男人"改成"男士"。

希尔顿有一个伟大的发展计划，他决定每年建造或购买一个旅馆，并以德克州为中心向各地扩展。

希尔顿的经营才华在他建造达拉斯希尔顿饭店时显露出来。这个饭店的建筑费用要100万美元，但希尔顿没有那么多钱，工程开工不久就因资金不足而停建了。希尔顿对此并没有惊慌失措，他找到卖地皮的大房地产主杜德，凭着他想当国会议员时练就的口才，三言两语竟说得对方按照他设计的结构将房子盖好，然后再以分期付款的方式把房子卖给他。

这事听起来似乎不可思议，但细一分析也就不足为怪了。希尔顿和杜德以前没有什么交情，他告诉杜德，假如他的房子不能如期建成，那么杜德那些不远的地皮价格就会下降；假如人们认为已经颇有财力的希尔顿停止施工是在考虑另迁新址，那么杜德的地皮就更不值钱了。而假如杜德出钱先把房子盖起来，人们不但认为希尔顿财力不凡，而且认为他眼力好，会选择地皮，杜德的其他地皮的价格一定会猛涨的。靠房地产吃饭的杜德思量再三，权衡利弊，终于答应了希尔顿的建议。

1949年希尔顿吞并了当时非常有名的华尔道夫大饭店，事业上达到巅峰。他通过建造、购买的方式把他的事业向海外发展，从而建立起他的"宾馆王国"。

作为一个庞大"王国"的位尊者，希尔顿有他的一套成功的管理经验，那就是重用有才干的年轻人，注重旅店信誉。在他的"宾馆王国"中有大概3万多名工作人员，其中多数管理干部都是从基层人员中选拔出来的。对于优秀的干部委以重任，让他们在个人的职权范围内各尽所能，各施所长。若是有人犯了错误，他总是把那个人叫到房间里，先安慰几句，然后指出错误的原因和改正的方法，鼓励他们好好干。然而，如果谁犯了冒犯顾客的错误，希尔顿是绝不会放过的。他经常告诉职员要尽一切可能使顾客产生"宾至如归"的感觉，冒犯顾客就毁了"王国"的信誉，希尔顿对这种事是绝不容忍的。

3. 有些事须自己做

很久以前，有一个有钱人年岁已大，除了留下万贯家产给子孙外，他还想留下些真正能万世流传的东西。于是有钱人派人到各大城里贴出布告，征求有学问有智能的聪明人到他的庄园。

经过他慎重仔细的筛选，从几百个前来应征的人当中留下了16人，然后对他们说："我给你们一年时间，请你们帮我编一本智能录，我想留给后世子孙。"

这些人就在庄上住了下来，也很努力认真地做着这件工作，一年之期到了，他们完成了洋洋洒洒6大卷书。

有钱人翻了翻说："我相信这些都是智能精华，但它太多了，我担心我的子孙会没兴趣读，请你们浓缩一下。"

一个月后，这些人经过删减，将6大卷文字浓缩成一卷。有钱人看了看还是认为字太多了，请他们再浓缩。

这16个人于是继续在有钱人舒服的庄园住了下来，每天讨论该删除哪些字句，慢慢将那一卷文字浓缩成一章，再浓缩成一节，之后再浓缩成一段，最后只剩下一句话。

有钱人看到这句话时，很满意地说："这真是古今所有智能的结晶啊！"

最后留下来的这句话是：天下没有白吃的午餐。

是啊！即使在路边或天桥上当乞丐，也需要准备个破碗，还要会把碗拿到人们面前，嘴中不断诉说着自己有多可怜。

当你愿意站起来给自己一些行动的力量，就算结果不如预期，但努力的过程与学习到的经验，都是金钱买不到的。自己浇水施肥种的水果吃起来一定甜，流汗奋斗的生命方是特别可贵的。

宋朝有个非常有名的禅师名叫大慧，门下有一个学生道谦。道谦参禅多年，仍不能开悟。一天晚上，道谦诚恳地向师兄宗元诉说个人不能悟道的苦恼，并求宗元帮忙。宗元说："我很高兴能够帮助你，不过有三件事我无能为力，你必须自己做?"道谦忙问是哪三件事。

宗元师兄说："当你肚子饿时，我不能帮你吃饭，你必须自己吃；当你想大小便时，你必须自己解决，我一点也帮不上忙；最后，除了你之外，谁也不能驮着你的身子在路上走。"

道谦听罢，心扉豁然开朗，若有所得。

还有一次，在美国一促销会上一大公司的经理请与会者都站起来，看看自己的座椅下有什么东西。结果每个人都在自己的椅子下发现了钱，最少的捡到一枚硬币，最多的有人拿到了100美元。这位经理说："这些钱都归你们了，但你知道这是为什么吗?"没有人能猜出为什么。最后经理说："我只想告诉大家：坐着不动是永远也赚不到钱的。"

魔力悄悄话

有时成功需要一种近乎愚钝的力量，那就是锲而不舍，扎扎实实的行动，因为坐在那里不动时永远也不可能取得成功的。现实是此岸，理想是彼岸，中间夹着湍急的河流，则行动却是架在河上的桥梁。

第三章
创新合作的活力

　　人生的真正价值在于创造，创造能力也是人的能力中的最重要、最宝贵、层次最高的一种能力。学习不仅是为了继承前人的知识遗产，它更是继承与创造的交融。真正的学习是创造性的学习，创造性的学习才是最有成效和最有价值的学习。

自我创新活力

1. 敢为天下先

世界保险业的巨子克莱门托·斯通于 1902 年出生于美国芝加哥的一个贫困的家庭中，父亲很早去世，由母亲将他抚养成人。

斯通 10 多岁时就开始帮助母亲从事保险业工作。母亲让他去每间办公室争取顾客，斯通感到害怕，站在办公大楼外面的人行道上，两条腿直发抖，这时候最能给斯通以鼓励的一句话就是："勇敢地去做，没什么好怕的！"正是在这句话的鞭策之下，斯通才有勇气从一个办公室进入另一个办公室。

20 岁时，斯通建起了个人的"联合保险代理公司"，而且第一天就拉了 54 份保单。当时，许多人都对"联合保险代理公司"的前途持怀疑态度，斯通却一往无前地将他的公司一扩再扩，从美国的东海岸一直发展到西海岸，还雇用了 1000 名保险推销人员。

正当斯通的事业蒸蒸日上的时候，大萧条的寒流席卷了美国，许多中小工商业倒闭，人们都想把钱存下来以备将来更艰难的日子，再也没有人想到斯通的保险公司去投保了。

斯通冷静地面对生活，他认为："如果你在困难的时期以决心和乐观来应付，总会慢慢渡过难关并有所收获。"斯通把自己的想法灌输给自己的部下——如今，推销队伍只剩下 200 人，他带领着部下艰难奋战。

1930 年，一度十分兴盛的宾夕尼亚伤亡保险公司因不景气而停业，并愿以 160 万美元出售。

斯通得到这一消息，决心乘此良机将该公司买下来，然而，他没有这么多钱，他对自己说了句："现在就做！"带领律师走入了巴的摩尔商业信用公司董事长的办公室（宾夕尼亚伤亡保险公司归该公司所有）。

"我想买你们的保险公司。"

"很好，160万美元。你有这么多钱吗？"

"没有，不过，我可以借。"

"向谁借？"

"向你们借。"

这真是一桩不可思议的买卖。然而，经过多次洽谈，商业信用公司还是同意了。

克莱门托·斯通买下宾夕尼亚伤亡保险公司后，苦心经营，终于将一家微不足道的保险公司发展成为今日的美国混合保险公司，斯通本人也跻身于美国有钱人之列，其财产至少在5亿美元以上。

虽然财富不是衡量一个人成功的唯一标准，但至少可视作成功的标准之一。敢作敢为是成功者具备的特质之一。他们有魄力、有胆识，面对机会能果敢地抓住并利用好它。在个人的事业蒸蒸日上的同时也为个人的人生创造了一个又一个的辉煌。

广大青少年朋友，是拥有活力的一代，我们也知道，在每一个时代、每一个国家，都有靠自己闯出一条新路的伟大人物，比如斯蒂芬孙、贝尔、莫尔斯、爱迪生、莱特等等，他们都是闯出新路的健将。

贝尔，美国发明家，电话的发明人，出生于英国的爱丁堡，14岁在爱丁堡皇家中学毕业后，曾在爱丁堡大学和伦敦大学学院听课，主要靠自学和家庭教育。1864年开始声学研究。

1872年贝尔在波士顿开办培养聋人教师的学校，并编著《可见的语言先导》。1873年担任波士顿大学发声生理学教授。1875年，他的多路电报获得专利。1876年，美国专利局批准他的电话专利。电话专利是历史上引起争议最多的一项，经过长期诉讼，贝尔终于取得胜利。1880年法国授予他伏特奖金。

贝尔从事研究的范围极广，曾获 18 种专利，还和其他人一起获得 12 种专利，其中 14 种为电话、电报，4 种为光电话机，1 种为留声机，5 种为航空飞行器，4 种为水上飞机，还有 2 种为硒光电池。然而，这些专利只代表贝尔发明才能的一部分，因为他的工作重点在基本原理方面。他丰富的创造性思想，在当时不可能样样都成为现实，他的许多观念到后世才见到成果。

2. 创新的活力

"汽车大王"亨利·福特的福特汽车制造公司，生产的 T 型车曾因其领先于当时其他汽车的性能和低廉的价格风靡世界。

到了 20 世纪 20 年代，T 型车的销售量却急剧下降，出现了不景气。

由于美国汽车工业已经到了全面腾飞时期，各大汽车公司纷纷推出色彩艳丽的新型汽车，满足了消费者的不同需要，销路很畅。而福特车仍保持其单调的黑色，外观显得严肃而呆板，失去了很多市场。

面对如此严峻的形势，福特有个人独到的想法，他认为单纯 T 型车简单地改为流线型与对手竞争不是上策。只要生产出的车外观更新颖、性能更好、价格更便宜，自然就会在竞争中取胜。

于是，福特悄悄地购买了一些废船，把它们拆了炼钢，以降低钢铁成本。之后他突然公布生产 T 型车的工厂全部停工，消息一出，全国震动，引起了人们的议论纷纷。但是更令新闻界感兴趣的是工厂停工后，工人却没有被解雇，工人仍每天按时上班，工厂并没有公布倒闭。于是报刊上经常刊登关于福特的消息，这更引起了人们的好奇和关注。

其实，这时福特已经在研制生产另一种新型车了。关闭 T 型车生产的工厂是故意给人一种错觉，以引起人们的好奇心，以便让将要面世的新型车能吸引人们的注意力。正如福特预料的那样，半年后，当新型的 A 型车源源上市时，引起了空前的轰动，这是福特公司最辉煌的一次成就。

由于 A 型车是在 T 型车的基础上加以美化和轻便化，显得古朴典雅，使人既有几分新颖又有几分似曾相识的感觉，同时 A 型车的时速大大提高了，价格更便宜了。因此销售量剧增，战胜了所有的竞争对手，福特汽车公司也因此被人称为是世界上最大的汽车公司。

然而，福特的成功是来之不易的。他冒的风险是巨大的，T型车的停产浪费了近1亿美元的投资，另外投资新车生产又要花费近亿美元，万一新车研制不出或销路不畅，岂不元气大伤，一蹶不振。敢于知难而上和勇于创新是福特创办汽车公司风雨历程的一贯作风。

创新的活力在我们生活中确实非常重要。

海边的沙滩中有一种不起眼的小生物——"寄居蟹"，每当潮水退去，我们可以看见到处都是这种可爱的小动物。寄居蟹，它身上的壳是借来的，每当它成长到某种程度，旧的壳已经无法让它舒适，因此它必须找另一个更大一点的壳才能让自己更舒适。但是在它换壳的同时，必须暴露它最柔弱的身躯，此时的它最脆弱，但是它懂得它必须丢弃一些熟悉的、习惯的东西。这样的冒险是值得的，因为只有找到另一个更大的壳才会有真正的舒适与安全。不是吗？成长本身就是一个不断创新的过程。

每一天我们都应该去思索，去不断地问自己：不创新，就要灭亡！不是吗？相信这将是一个新的起点！一个卓越成长的起点，一个获得内在心灵更丰富的起点！

3. 我国古代的四大发明

我国的文字，从传说中的仓颉造字到现在，已经有5000多年的历史了。在纸发明以前，古代人们把字刻写在龟甲、兽骨、金石、竹简、木片上。这些东西或是不容易得到，或是太笨重。后来，人们制造出一种叫作"帛"的丝织品，然而价钱昂贵。于是，人们经过长期实践探索，终于发明制造出了植物纤维纸。

1957年，陕西省西安市东郊的灞桥一座西汉墓葬里，发现了一叠麻纸，揭剥分成80多片。经过科学化验表明，这种纸是公元前2世纪时的古纸。因为它出土于灞桥，所以称"灞桥纸"。这种纸比蔡伦造的纸早了整整 300 多年，是目前世界上最早的纸。

蔡伦是东汉和帝时的宦官，任尚方令。公元 105 年，他总结了前人造纸的经验，改进了工艺流程，用树皮、麦秆、麻头、破布和旧渔网做原料，监制出一批良纸，献给朝廷，受到赞扬，得到推广，促进了造纸业的发展。116 年，蔡伦被封为"龙亭侯"，后人把蔡伦造的纸称为"蔡侯纸"。

东汉末年，有一位叫左伯的造纸能手，造出了细匀而有光泽的高级书写纸。

魏晋时，纸代替了竹简、帛，为人们普遍使用，隋、唐、宋时，造纸手工业遍及全国。扬州六合造出了"年岁之久，入水不濡"的"麻纸"，安徽宣州府造出了"纸寿千年"的"宣纸"。元朝时，造纸业发展较慢。

明代科学家宋应星的《天工开物》，不仅是我国也是世界上总结古代造纸术的珍贵文献。直到 1891 年，上海兴办"伦章造纸局"，引进外国的机器造纸技术以后，我国的造纸才转入了机器制造的阶段。

公元 3 世纪初，造纸方法首先传到朝鲜。公元 610 年又从朝鲜传到日本。751 年向西传到了阿拉伯。公元 1150 年又从阿拉伯传到欧洲，西班牙和法国首先设立造纸厂。13 世纪在意大利和德国也相继设立造纸厂。16 世纪后，由欧洲传到北美洲，传遍了全世界。

指南针，是世界上最早出现的简单可靠的指示方向的工具。传说，5000 多年前的黄帝乘坐指南车指挥作战，打败了蚩尤。指南车之所以能指示方向，是因为用了指南针。指南针是古代我国劳动人民在开采矿石、冶铜、炼铁过程中，发现的一种能够吸铁，指示南北方向的天然磁石。磁石把许多铁屑紧紧吸在一起，就像一位母亲慈祥地抚摸着她的儿女，所以当时把磁石叫作"慈石"。

人们根据磁石指示南北的特性，制成了指南工具。最先造出的指南工具像汤匙，后来又制成罗盘针、指南龟和指南鱼。指南针在古代航海事业和军事活动中已经被广泛应用。北宋时期，指南针传到了阿拉伯和欧洲，推动了世界航海事业和中西文化交流。

1000多年前，我国古代人民发明了火药。火药的主要成分为硝石、硫黄，都是重要的药材，能治疮癣、杀虫、辟浊气和瘟疫，所以它的名称与"药"字相连。

据说有一天，"轰"的一声巨响，只见山头上浓烟滚滚，空气中充满了硫黄气味，周围百姓闻声急忙围拢过来，只见一个炼丹制药的方士受了重伤，躺在被炸塌了的炼丹炉旁。

那方士虽然受了重伤，却抑制不住内心的激动和喜悦，不顾一切，扒开爆炸物，他惊喜地发现：将矿石和燃料按照一定的比例混合在一起烧炼，就会引起爆炸。据此，人们发明了硫黄伏火法。后来又用硝来进行硫黄伏火试验，终于发明制造了火药。

最先运用火药的是古代的军事家们，他们用火药攻击敌人的城堡，火烧敌人的军营。公元904年，唐代郑瑶围攻豫章（今江西南昌市），把火药团扎在箭杆上，点着导火线用弓弹射到敌人城堡里，引起爆炸，杀伤大量敌人，这就叫"飞火攻城"。以后又发明了"震天雷"、"蒺藜火炮"为代表的爆炸火器，以"火箭"为代表的喷射火器，以"火铳"、"火枪"为代表的管状火器。

制造火药的方法，在1225至1248年间，由印度传入阿拉伯。西班牙到13世纪翻译阿拉伯人的书籍时才知道有火药。14世纪中期英、法等国才在书籍里记载火药和火药武器。近代，我国火药武器的制造落伍了，被欧洲人超过了。

"试验成功了！"一个满身油污的男子望着一沓沓印刷品，闻着一股股油墨香味，情不自禁地喊叫起来。他就是活字印刷术的发明者——毕昇。

公元1041—1048年（宋庆历年间），毕昇发明胶泥刻字，一个泥块，一个字，然后用温火把泥块慢慢烧硬，制成一个个活字。活字按照声、韵顺序排列在木格子里。排版前，先在置有铁框的铁板上放一层掺和泥灰的松脂蜡，然后根据稿本的内容，从木格子里，拣出相应的字，依顺序排在铁板上，加热，使蜡稍稍熔化，以平板压平字面，活字即固定在铁板上，制成版子，再涂上油墨印刷。印完后，再把活字一个个拆下来，按原来顺序放回格子里，下次再用。这样，大大简化了印刷程序，印刷的速度和质量也大大提高了。

在毕昇发明活字印刷术之前，书籍全靠人用手抄，速度很慢，又容易出差错。春秋战国时代，流行过刻写图章和拓印碑石等方法。到了隋朝，人们开始将文字或图画先刻在木板上，涂上油墨，然后一页一页地印在纸上，这就是刻板印刷术。唐朝普遍采用这种方法。这种方法，迅速传到了朝鲜、日本、伊朗、越南、菲律宾等国，然而这种方法仍然费时、费力又费料。

毕昇发明的活字印刷术，完全避免了过去所有印刷方法的缺点。这种方法，不久也传到了朝鲜、日本、越南和欧洲。

元代科学家王祯发明了轮盘拣字盘，曾创制了一套木活字，共 3 万多个字，用了不到一个月的时间，就印成了他个人撰写的 6 万余字的《旌德县志》600 部。同时，他把制造木活字的方法、拣字、排版、印刷的全过程系统地记载下来，题名为《选活字印书法》，编入他的《农书》中。这是世界上最早的关于活字印刷术的文献。

此后，朝鲜人制造了铜活字；江苏常州人创制了铅活字；有人还作出了印刷术的又一个巨大成就——彩色套印术。

4. 创造的艰难

1909 年 9 月 23 日，《加利福尼亚美国人民报》上，出现了一条醒目的标题：《中国人的航空技术超过西方》。这则报道引起了欧美国家的极大震动。这个为中华民族争光的能人，就是近代我国第一位飞机制造家、杰出的全能飞行家——冯如。当时，他才 26 岁。

活力——春色满园关不住

　　冯如，号三鼎，广东恩平人，1883年他出生在一个贫苦的农民家庭。少年求学时，冯如就酷爱玩鸟，探究山鹰、海鸥为什么能在天空自由飞翔的原因。他心灵手巧，生性爱好摆弄东西，曾用火柴盒制作轮船模型，样子非常逼真。

　　1898年，15岁的冯如，毅然离开父母，到了在美国做工的舅父身边，在旧金山一家工厂当工人。当时，他父母舍不得他远行，因为他的4个哥哥都已夭折，所以对他爱之甚切。小冯如却不以为然，回答说："大丈夫以四海为家，株守乡隅，非所愿也。儿行矣，勿以我为念！"

　　1901年，冯如转往纽约做工。他省吃俭用，从微薄的工资收入中，挤出钱来购买了不少机械制造方面的书本，白天紧张劳动、晚上刻苦学习，专攻机械制造原理。功夫不负有心人。没过几年，他就积累了广博的知识，不但通晓了36种机器原理，而且还别出心裁地发明了抽水机和打桩机等。他制作的一种无线电报机，能发能收，灵敏准确。这些都初步显示了他的创造才能。

　　1903年，冯如从报上看到了美国莱特兄弟制造飞机的消息，心里激动得几天睡不着觉。他想，我们祖先的"四大发明"曾经名扬世界！莱特兄弟能做的我为什么不能呢？如今，我要用我这中国人的手制造出飞机，而且还要比他们的飞得更高、更快、更远！1904年，沙俄和日本为了争夺我国东北三省，爆发了"日俄战争"。看到这个消息，冯如更加感叹，他说："兵器中最厉害的莫过于飞机。誓必身为之倡，成一绝艺，以归缩祖国。苟无成，吾宁死。"从此，冯如便立志献身于祖国的航空事业。

　　千里之行，始于足下。为了寻找资料，冯如跑遍了旧金山大大小小的书店、图书馆，从研究滑翔、飞行的原理着手，废寝忘食地钻研起来。经过几年努力，终于造出了飞机模型。

　　1907年，由于得到了侨胞们的积极资助，他建立了"广东制造机器公司"，自任总设计师，正式试制飞机。不料，一场大火，把千辛万苦才弄到了制造飞机的材料烧得尽光。这突如其来的打击，并没有使冯如灰心丧气，他在废墟上又搭起了简陋的棚屋，继续试验。经过艰苦探索和无数的失败，终于在 1909 年 2 月，制成了一架飞机，然而在试飞中又坠地撞毁。他从坠毁的飞机里爬出来，抹去脸上灰尘，又一次投入试验。正在这时，父母一封封来信催他回国，不过他不愿中途停顿，给父母回信坚决表示："飞机不成，誓不回国！"

为了查找几次试验失败的原因，他儿时喜爱的小鸟，不时"飞"进他的心窝；他也像莱特兄弟一样，跑到野外，仔细观察起山鹰、海鸥的飞行来。还专门弄来一只白鸽，精心测量它的身躯同两翼之间的比例，不断改进自己的设计。就这样，又经过一年的艰苦奋战，一架机型新颖、操纵灵活、平衡性能好的飞机终于诞生了。

1909 年 9 月 21 日，他驾驶着全部由他自己制造的飞机，在奥兰市上空翱翔了 2640 米，它的航程是莱特兄弟 1903 年首次试飞 852 米的 3 倍多，揭开了我国航空史的第一页。

1910 年夏天，他参加了在旧金山举行的国际飞行大赛中，以飞行高度 210 米、时速 105 千米、飞行距离 32 千米的优异成绩，一举夺魁。国际飞行协会为他颁发了优等证书。冯如在早期的人类航空史上，为祖国获得了殊荣。

当时，正在美国访问的孙中山，亲自观看了他的飞行表演，并紧紧握住他的手说："祝贺你的成功！"

1911 年，冯如带着两架自制的飞机，乘船回到了祖国，实现了"我要把飞机贡献给祖国的愿望"。

回国后，冯如在广东郊区建立了飞行器公司，并把带回的钱财和全部心血都投入了继续制造飞机的事业上。

1912 年，由于他的飞机长期未曾飞行，以致部分零件锈蚀，因此在飞行表演中发生故障，不幸以身殉职，献出了年轻的生命。他的遗体安放在"黄花岗七十二烈士墓冢"的左侧。这位年轻的爱国科学家的忠魂，永远陪伴着革命者的英灵。

70 多年过去了，冯如墓上的黄花岁岁繁荣，代代兴旺。

"冯氏飞机"是我国近代文化史上的伟大事件。然而，我国尝试飞行的历史却是悠久的。2000 多年前，春秋时期人们就利用风筝的放飞，来传递军事情报；宋朝人，在风筝上装有炸药，配以"引火"装置，当风筝飞到敌营上空时，用香火点燃导火线，引起火药爆炸；明代有个人叫万户，幻想遨游太空，他在一把椅子背面装上 47 支火箭，个人坐在椅子上，两手各牵一线风筝，然后点燃火箭，试图以此动力飞向天空。万户的试验失败了，然而作为人类第一次用火箭作动力飞行的尝试，却是一个伟大的事件。为了永远纪念万户的功绩，国际天文联合会将月球背面的一座环形山，命名为"万户山"。

到了十四五世纪，我国运用黑色火药火箭的技术发展到了很高水平，出现了多发齐射的"龙神机柜"、两级燃烧的"火龙出水"以及可以返回地面的"飞空砂筒"。后来，我国的火箭技术经阿拉伯传到了欧洲。

现在，美国华盛顿国家航空和空间博物馆里，陈列着一只画有孙悟空图像的巨型风筝。旁边写有一行醒目的大字："最早的飞行器是中国的风筝和火箭"。

魔力悄悄话

广大青少年朋友，是拥有活力的一代，他们有魄力、有胆识，面对机会能果敢地抓住并利用好它。在个人的学习、事业蒸蒸日上的同时也为自己的人生创造了一个又一个的辉煌。

合作活力

1. 合作才能成功

美国三大汽车公司：通用、福特、克莱斯勒，它们垄断了美国的汽车工业。最初，福特汽车的市场占有率为 45%，远居首位。但从 20 世纪 30 年代起，通用汽车的市场占有率超过了福特汽车。到 1983 年，通用汽车公司成为世界第 2 大工业公司，年营业额为 746 亿美元，净利 37.3 亿美元。这一年，福特汽车公司排在世界第五大工业公司的位置上，年营业额 444.6 亿美元，净利 18.7 亿美元。克莱斯勒公司更在它们之后。

福特汽车公司自 1903 年由亨利·福特创立后，不到 10 年时间便成了世界汽车大王，福特牌汽车风行全球。通用汽车公司于 1908 年在美国新泽西州创立，但一直落后于福特汽车公司。后来怎么使通用汽车大大赶超了福特汽车呢？原因是多方面的，最突出的一点是通用汽车公司后来起用的决策者处事开明，能兼听各方面的建议，特别关注反对的建议。

通用汽车公司自从由斯隆任总裁之后，在经营决策上采取广泛听取部属的各种建议和反面意见。斯隆认为，像"通用"这样的大公司，若把所有问题的决策集中于少数领导人身上，不仅使他们终日忙于事务，无暇考虑公司的方针、政策，而且还会局限各级人员的创造精神。他要求各级人员要加强责任心，对任何决策和谋略大胆地各抒己见。他还言明这样做的目的绝非有损领导层的尊严，反之可防止和避免决策的重大失误。

有一次，斯隆主持讨论一项新的经营方案，参加会议的各部门负责人对这项新方案没有提出任何相反意见。最后斯隆总裁说："诸位先生看来都完全同意这项决策了，是吗？"与会者都点头表示同意。斯隆却突然严肃地说："现在我公布会议结束，这次会议讨论的问题延到下次会议再行讨论。但我希望下次会议能听到相反的意见，这样，我们才能全面地了解这项决策的利弊。"

通用汽车公司正是因为在各项主要经营决策前善于听取各种建议和意见，使它便于对各种方案作出比较判断，从中选择最佳的方案，同时公司也做到有备无患，万一发生差错，也可随时采取新对策。正是它能发挥这一招的作用，使"通用"牌汽车在生产、设计、营销管理等各方面处于领先地位，致使美国其他汽车望尘莫及。

2. 合作效应

从前，有3只耗子结伴去偷油喝，不过油缸非常深，油在缸底，它们只能闻到油的香味，根本喝不到油，它们很焦急，最后终于想出了一个很棒的办法，就是一只咬着另一只的尾巴，吊下缸底去喝油，他们取得一致的共识：大家轮流喝油，有福同享谁也不能独自享用。

第一只耗子最先吊下去喝油，它在缸底想："油只有这么一点点，大家轮流喝多不过瘾，今天算我运气好，不如自己喝个痛快。"

夹在两只耗子中间的第二只耗子也在想："下面的油没多少，万一让第一只耗子把油喝光了，我岂不是要喝西北风吗？我干吗这么辛苦的吊在中间让第一只耗子独自享受呢？我看还是把它放了，干脆自个跳下去喝个痛快？"

第三只耗子则在上面想："油是那么少，等它们两个吃饱喝足，哪里还有我的份，倒不如趁这个时候把它们放了，自己跳到缸底喝个饱。"

于是第二只耗子狠心的放了第一只耗子的尾巴，第三只耗子也迅速放了第二只耗子的尾巴。它们争先恐后地跳到缸底，浑身湿透，一副狼狈不堪的样子，由于脚滑缸深，它们再也逃不出油缸。

在我国清末有个很有名的商人胡雪岩，他不太会读书识字，但他却从生活经验中总结出了一套哲学，归纳起来就是："花花轿子人抬人。"他善于观察人的心理，把各个阶层的人都拢集起来，以个人的钱业优势，与这些人协同作业。由于他长袖善舞，所以别的人也为他的行为所打动，对他产生了信任。他与曹帮协作，及时完成了粮食上交的任务。与王有龄合作，王有龄有了钱在官场上混，胡雪岩也有了机会在商场上发达。如此种种的互惠合作，使胡雪岩这样一个小学徒工变成了一个执江南金融之牛耳的巨商。

每年的秋季，我们看到大雁由北向南以 V 字形状长途迁徙。大雁在飞行时，V 字的形状基本不变，但头雁却是经常替换的。头雁对雁群的飞行起着很大的作用。因为头雁在前开路，它的身体和展开的羽翼在冲破阻力时，能使它左右两边形成真空。其他的雁在它的左右两边的真空区域飞行，就等于乘坐一辆已经开动的列车，无须再费太大的力气克服阻力。这样，成群的雁以 V 字形飞行，就比一只雁单独飞行要省力，也就能飞得更远。

过去农村闭塞，获取财富极端困难。老百姓家中难得有一桌一椅一床一盆一罐。所以那时农村分家是件很困难的事情。兄弟妯娌间为了一个小罐、一张小凳子，便会恶语相向，乃至大打出手。这是一种典型的分财哲学。

后来人们走出来了，兄弟姊妹都往城里跑，财富积累越来越多。回过头来，发现各自留在家里的亲眷根本犯不着为一些鸡毛蒜皮儿的事生气。相反，嫂子留在家里，属于弟弟的地不妨代种一下，父母留在家里，小孙子小外孙也不妨照看一下。相互帮助，尽量解除出门在外的人的后顾之忧。反过来，出门人也会感谢老家亲戚的互相体谅和帮助。一种新的哲学也就诞生了，这种哲学就是：你好，我也好，合作起来更好。

遗憾的是，有些学生，大约是在校园待久了，居然信奉这样的哲学：你必须践踏别人，糟蹋别人，利用别人才能获得成功。还有一些学生，个人拥有的资源不愿意与人分享，反过来，又想利用别人的资源，又不好意思张口。这样的一种心理是一种大的障碍，绝对不利于自己的成就与发展。

3. 真心合作

有一只骆驼离开主人，独自漫步在偏僻的小道上。长长的缰绳拖在地下，它却漫不经心地只管自己走着。

这时，正好来了一只耗子。它咬住缰绳的一头，牵着这只大骆驼就走。耗子得意地想："嘿，瞧我的力气多大啊？我能拉走一头大骆驼呢！"

一会儿，它们来到河边。大河拦住了去路，耗子只好停了下来。

这时，骆驼开口了："喂，请你继续往前走啊？"

"不行啊？"耗子回答说，"水太深了。"

"那好吧，"骆驼说道，"让我来试试看。"骆驼到了河中心便站住了，它回头叫道："你瞧，我没说错吧，水不过齐膝盖深呢。好啦，尽管放心下来吧？"

"是的。"耗子答道。"不过，正如你所看到的，你的膝盖和我的膝盖之间可有一点小小的差别啊。劳驾，请你渡我过河去吧？，"

"好，你总算认识到个人的不足了。"骆驼说，"你很傲慢，夜郎自大。要是你能保证今后谦虚一点，那我才肯渡你过河。"

耗子不好意思地笑着答应了。就这样，它俩一起平平安安地到了对岸。

从前，有一只公鸡，一只兔，一只猴和一只象，它们结拜为兄弟。

公鸡因为能飞，有一次飞上了三十三重天，衔来了一颗果树种子。这种子是万年生长，一年四季都结果子的。

兔子知道这种子的贵重，就首先动手把种子种在地上。猴子知道这树会结果，就天天替它上粪。大象就天天用鼻子从河里汲水来浇灌。

由于大家照料，树一天天地长大了，很快就结果了。

公鸡从树尖飞过，看见果子成熟了，心想："我带来的种子结果了，我的功劳可不小啊！现在该我享受了！"于是，它天天飞上树，在树上慢慢地啄食这果子。

猴子是可以上树的，它想吃就爬上树，不想吃就爬下来。

大象的个子很高，就用它的长鼻子卷着树枝吃果子。

这中间最吃亏的就是兔子。它爬不上树，只有在树下扑打纵跳，望着香气扑鼻的果子，翘尾巴，舔嘴唇。

树，一天天长高了，连有长鼻子的大也吃不到果子了，于是，它们开始有了争吵。

象和兔子一齐向公鸡和猴子嚷着："这太不公平，树长高了，只有你们两个吃得到，要知道我们也曾经浇过水啊！"

兔子更不满意说："是的，真的是很不公平，我一直吃不到一个果子，只吃了几片落下来的树叶。"

然而公鸡和猴子只顾个人吃，不理它们。它们没有办法，就找了一个聪明的人帮助它们评理。聪明人说："你们四个先不要争，天底下原来没有这种果树，你们先说这果树是从哪里来的？是怎样生长的？你们告诉了我，我就可以帮你们想出调解的办法来。"

公鸡说："聪明人啊，正如你所说，这树天底下本来没有，是我从三十三重天上衔来的种子生长出来的，我的功劳最大，难道不是吗？"

兔子说："虽然公鸡衔来了种子，但它不知道该怎么办，是我想到把它种到地里，因此才有了这棵树。可我却一直吃不到果子，只能吃到偶尔落下来的几片叶子。你说，公平吗？"

猴子说："虽然有了种子，有人种下地，但我上粪的功劳可不小啊！这树原来只有一根细草那样大，要不是我天天上粪，它怎么能活呢？"

大象说："虽然有了种子，有人种地，有人上粪，然而，天旱了这么久，我每天都用鼻子从河里运水来浇它，它才生长起来的。我也有功劳啊！"

聪明人说："照这样说，你们每个人都对这树出过力，每人都该吃到这果子。你们与其这样争吵，不如大家一起想能吃到果子的办法。因为只有这样，才不致伤害你们之间的感情，而且又能让这棵树结更多的果实。"

它们觉得这话很有真理，于是就一起商量。终于商量出一个办法，规定大家摘果子要一起摘，让大象站下边，大象背上站猴子，猴子背上站兔子，兔背上站公鸡，然后公鸡摘下果子交给兔，兔交给猴，猴交给象，果子摘好了，大家一起吃。

自从想出这个办法以后，它们就不再争吵了，而且使这棵树长得更好，果子也结得更多了。

4. 脱离集体会怎样

每年秋风来了，北方的天气逐渐变冷了。我们会看到一队队大雁往南飞去。

大雁在长期迁移的历程中，集体配合能力很强，它们有时候排成一字形，有时候排成人字形。

雁群里有一只小雁心想："跟你们一块飞多慢呀！如果让我一个人飞，我早就飞到南方去了。"大雁警告它，说不能这样做，随便离队会遇到危险。小雁满不在乎地笑笑，把好话当成了耳旁风。

一天晚上，当大家都睡着了的时候，他偷偷地离队飞走了。它在无边无际的天空独自飞行，一边飞，一边得意地唱着歌。

忽然，"砰"的一声，把它吓了一跳，它低头一看，不远处一个狩猎者正在朝它开枪。它急忙用力扇动翅膀，飞进云层。它想，多危险啊！差点就把命给送了，还是回去吧！然而它又想，这么快就回去，不是太没出息了吗，大家会笑话自己的。既然出来了，就不能这么轻易就回去，应该做出些事情，让它们瞧瞧。

天渐渐黑了，它决定先找个地方住下再说。小雁看到前面有一座山，这时它的口渴了，肚子也饿了。

它心想，过了这座山，该到湖边了吧。于是，它鼓起精神，艰难地飞过了高山。不过山那边只见漆黑的树林。在漆黑之中，小雁到处搜寻着，迷茫着分不清到底哪里是东西南北。

小雁感到自己疲乏极了，它身上一点力气也没有了。它落在草，地上，很想舒舒服服地睡一觉，忽然又想起，谁为自己放哨呢？没人放哨，太危险了，说不定会有狐狸和狼出来伤害自己。它越想越害怕，后悔自己不该单独飞行，恨不得马上回到队伍里去。然而，漆黑的夜里，往哪里去找队伍呢？它伤心地哭了起来。

正在这个时候，一只凶恶的狼号叫着从树林里跳出来了。小雁吓得浑身发抖，然而，在恐怖中它身上有了一种力量，怎么能等着被狼吃掉呢？它猛地扇起翅膀，飞快地飞到空中。

小雁独自在天空中，心里又急又怕。这时候，它越发后悔当初没有听老雁的话。这只不守纪律的小雁在天上飞了好久好久，它飞过高山，飞过丛林，飞过海洋，终于飞回了雁群的队伍中。

魔力悄悄话

青少年在日常生活和学习中应该加强团结合作，把自己的活力加入集体的活力创造当中，这样就能取得更好的效果。凡事都要脚踏实地地去工作，不驰于空想，不骛于虚声，唯以求真的态度作踏实的工夫。

第四章
做学习主人的活力

　　在当今,科技已成为第一生产力。谁拥有知识并通过运用于实践将知识转化为能力，谁就基能够在这个竞争日益激烈的社会中取得持续的竞争优势。而只是的获取就要靠后天的学习，特别是要靠自主学习。自主学习,就是要学生自觉地做学习的主人，在一定学习目标的支配下，充分挖掘自己的学习潜力,发挥主观能动性,积极主动的学习,有主见的创造性的学习。

学习心理概述

一、学习的概念

学习是一种既古老而又永恒的现象，贯穿于人类生命进化的全过程。同时，它也是一种十分复杂的心理过程，它需要全部智力因素与多种非智力因素的积极参与。青年学生的主要任务是学习，而学会学习则是学习的根本宗旨，它对于提高学生的学习质量和效果有着极为重要的意义。

学习一词在我国古代文献中早已有之。许多心理学家、教育学家和哲学家从不同的角度概括了学习的定义。我们认为，学习的概念有广义和狭义之分。

1. 广义的学习

广义的学习是指人和动物不断地获得知识经验和技能，形成新习惯，改变自己行为的较长的过程。它是有机体以经验方式引起的对环境相对持久的适应性的心理变化。其特点如下：

（1）学习是人和动物所共有的一种对环境的适应现象。

（2）学习是一种后天习得的行为，不是本能行为。

（3）学习表现为个体行为或行为潜能的变化（或内隐或外显），是相对持久的。

（4）只有通过学习活动产生的变化才是学习，不能把个体的一切变化都归为学习（如由于疲劳、生长、机体损伤以及其他生理变化所产生的变化都不是学习)。

2. 狭义的学习

狭义的学习即人类的学习，是指人类在社会生活实践中，以语言为中介，自觉地、积极主动地掌握社会和个体的经验的过程。其特点如下：

(1) 人类的学习是个体掌握社会历史经验与积累个体经验的过程。

(2) 人类的学习是以语言为中介实现的。

(3) 人类的学习是自觉的、有目的、有计划的学习。

(4) 人类的学习是一个积极主动的过程。

二、学生学习的特点

1. 自主性

学习的自主性主要表现在自觉性和主观能动性两个方面。青年学生在校期间的学习虽然有老师讲课，但是课后的理解、消化、巩固等各个环节主要靠学生独立地完成，这就需要学生有较强的学习自觉性。另外，学生对学习内容有较大的选择性，除必修课外，可根据自己的需要、兴趣、专长、爱好自由地选择选修课程。此外，学生还要学会自主支配学习时间，充分发挥主观能动性，掌握自学方法，努力培养自学能力等。

2. 多元性

在如今的信息时代，学习获取知识的多元化带动了学习方式的变迁，网络又为学生们开辟了一条新的学习途径。同时开放式的教学也为学生提供了多种多样的成功之路，除课堂教学外，课外实习、课程设计、科研训练计划、学年论文、专家讲座、学术报告及走向社会的社会实践、咨询服务、志愿服务等都为学生学习提供了广阔的学习途径。

3. 探索性

现代的课堂教学已经从阐述既定结论，逐步转变为介绍各种学派理论的争论、最新学术动态等。学生的学习方式和思维方式逐渐从死记硬背、正确再现教学内容逐步转向汇集众家之长、确立个人见解的方向转变。学生们不再迷信书本、迷信老师、迷信专家学者的有关论述，相信通过自己独立的思考、探索所得到的正确结论。此外，通过撰写调查报告、学年论文、毕业论文等，青春期学生已逐步养成良好的科研习惯，有的还参与了教师的科研项目，并取得一定的科研成果，这都是探索性学习的体现。

三、影响学生学习的因素

学生学习的活动是一种复杂的活动。它既受智力因素的影响，又受非智力因素的影响，只有这两大因素紧密结合，才能完成学习过程并达到学习的预期目的。

1. 智力因素——学习的基础

智力是一种以脑的神经活动为基础的偏重于认识方面的潜在能力，其核心是抽象的思维能力。智力的基本要素包括观察力、注意力、记忆力、想象力、抽象思维能力。一个学生学习的好坏首先同他的智力因素有关。一般来说，智力水平的高低直接影响学习的效率和质量。智力因素发展的水平高，知识才能学得深、学得透、学得活、学得牢。青春期学生正值智力发展的高峰时期，所以要借助良好的学习条件，充分发展自己的智力因素，即发展集中的注意力、敏锐的观察力、良好的记忆力、丰富的想象力和创造性的思维能力，从而提高学习的效率和质量。

2. 非智力因素——学习的关键

非智力因素是相对智力因素而言的，它是智力因素以外对智力起直接制约作用的心理因素。一般认为，动机、兴趣、信念、理想、情感、意志和性格是主要的非智力因素。非智力因素是智力活动的必要组成部分，在学生的学习过程中起着推动、引导、定向、调节、控制、强化、维持等作用。如果说智力因素反映的是人们能不能干，而非智力因素就是人们肯不肯干的问题，干得好坏与否就是它们共同决定的。美国心理学家特尔曼曾对 1528 名智力超常的学生进行长达 50 年的追踪研究，结果说明智力水平高的人不一定能成为杰出的人才，而成功者大都具备非智力因素，如坚韧、恒心、毅力、具有强烈的求知欲、不怕失败，凡事有主见、雄心勃勃，在希望渺茫的情况下，敢于坚持到底等特征。因此，一个人成才的过程离不开智力因素和非智力因素的相互影响，其中非智力因素对人起着决定性的作用。由于非智力因素是后天"习得"的，优化非智力因素主要在于后天的努力，因此，学生要想成为对社会有贡献的具有创造精神的人才，应该注意对自己的非智力因素的培养。

魔力悄悄话

青少年学生的主要任务是学习，而学会学习则是学习的根本宗旨，它对于提高学生的学习质量和效果有着极为重要的意义。人一生重要的是做到活到老学到老。

学生学习中的心理困惑及其调适

一、注意力分散的调适

注意是心理活动对一定对象的指向和集中。"注意力是知识的窗户，没有它，知识的阳光就照射不进来。"所以，注意力是重要的学习心理因素，也是一切心理活动必不可少的"伴侣"。注意力分散，往往是学生学习成绩差、智力发展慢的重要原因之一。

1. 表现

（1）上课思想开小差，不能专心听课，目光呆滞，反应迟钝，动作机械。

（2）上自习时，不能专心看书，心猿意马。

（3）易受环境的干扰，教室外一点点的动静都能很快地造成注意力转移，东张西望，长久静不下来。

（4）参加一项活动之后，长时间不能把注意力转移到学习上来，总是沉浸在对活动过程的回忆之中。

2. 原因

（1）学习动机不强，缺乏学习兴趣，尤其是对专业学习不感兴趣。

（2）学习效率过低，没有明确的学习目标，没有压力，没有紧迫感。

（3）学习没有计划，随意性大。

（4）过多地参与和学习无关的活动，造成中心兴趣转移。

（5）个人或家庭遭受挫折，思想负担过重，精力无法集中。

3. 调适

（1）强化学习动机，保持适当的学习压力和学习焦虑。

（2）制订明确的学习目标和学习计划，尽量带着任务去学习。

（3）适当减少与学习无关的活动，保持兴趣中心始终在学习上。

（4）培养良好的学习和生活习惯，保持旺盛的精力。

（5）学会转移注意力，遇到困难或挫折能很快从中解脱。

二、学习适应不良的调适

所谓学习适应不良亦称为学习适应困难，是指学生在学习过程中因不能根据学习条件的变化主动有效地进行身心调整，从而导致学习成绩和身心健康达不到应有的发展水平的学习干扰现象。学习适应不良现象一般发生在新生入学阶段，可对学生学习造成不同程度的影响。

1. 表现

（1）对学习缺乏应有的兴趣、紧迫感和自觉性。

（2）学习缺乏独立性，习惯于中小学的学习模式和方法，由教师安排自身的学习内容、学习计划、学习时间等，对教师的依赖性较强。

（3）不了解现阶段的学习特点和规律，不知道如何有效地开展学习活动。

（4）学习中精力投入不足，对所学专业的知识、技能、要求认识不足，不知道怎样建立专业知识结构，培养专业技能，学习带有盲目性。

2. 原因

（1）相对于过去的依赖型学习，现阶段的教学方法、内容上有所变化。老师一堂课讲授的内容多，有时会与教科书上有很大的出入；教学方法也与以前有差别，加之对新环境不熟悉，人际关系生疏，思念父母的心理不能摆脱等，这些给心理素质尚未成熟的学生带来情绪上的波动和不安，以至于影响了学习。

（2）由于青春期的学生心理发展不成熟，缺乏生活阅历，在客观环境发生变化时，明显地暴露出适应能力差，不能尽快地随着环境的变化及时调整自己，以至于影响了学习。

3. 调适

（1）努力调整自身的学习习惯和学习方法，尽快适应新的学习环境。

（2）努力增强学习的主体性，变消极被动性学习为积极主动性学习。

（3）要充分利用现阶段教学方式的显著特征，在培养自身的基本素质、基础能力和专业能力上多下功夫。

（4）要充分利用学校雄厚的师资力量、丰富的图书资料等硬件，努力扩展和深化自身的知识结构。

三、学习动机不当的调适

学习动机是激发个体进行学习活动，并且维持已引起的学习活动，使行为朝着一定的学习目标的一种内在的心理状态。学习动机反映了学生学习需求与学习愿望，并体现在自觉有目的地与克服困难相联系的学习行动中。

虽然学习动机对学习活动起着发动、维护和推进的作用，但并不意味着学习动机强度越大，学习效果就越好。心理学的研究表明，只有恰当适度的动机水平才能促进学习效果。青春期学生学习动机不当主要有两种类型：一类是学习动机缺乏型；另一类是学习动机过强型。

1. 学习动机缺乏型

(1) 表现

1) 无明确的学习目标。这类学生没有学习压力，思想上松懈、懒散，学习上缺乏动力。

2) 学习无计划。这类学生对每天的时间如何安排、学习什么、读些什么、学习多少内容，如何合理分配时间和精力等不作打算，得过且过。

3) 无成就感，无抱负和理想。这类学生在学习上缺乏自尊心、自信心，没有求知欲和上进心，没有压力，没有紧迫感。对优秀生不羡慕，对自己一事无成也不羞愧，对学校奖励不感兴趣，而对惩罚怨声载道，认为限制了其发展。

4) 厌倦学习，逃避学习。这类学生没有学习的热情，缺乏必要的学习压力，不愿上课，千方百计地逃课；上课无精打采，下课生龙活虎；不完成作业，甚至找人代做。

(2) 原因

1) 社会原因。社会分配不公、知识贬值是学生学习动机缺乏的社会根源。复杂的脑力劳动得不到应有的价值承认，学生们时常发出"学而优则穷"的感慨，严重地挫伤了学生学习的积极性。

2) 学校原因。专业设置过细，口径过窄，一定程度上脱离了社会需要，导致择业困难；课程设置不合理，教学内容陈旧；教师授课水平不高，缺乏敬业精神；教学管理不严，教学条件较差等。

3) 家庭原因。家庭对待学习的不良态度、家庭矛盾、家庭不幸事件等均对青春期学生的学习动机有负面影响。如有的家长认为自己将来能为孩子找份理想的工作，所以对其学习不督促；有的家长因家庭条件差，只想让孩子早点毕业，减轻家庭负担等，这些原因削弱了学生学习的动机。

4) 个人原因。如学习动机不正确，社会责任感不强，自我意识不成熟，自我效能感缺乏，学习方法不当，态度不端正，缺乏毅力，对所学专业不感兴趣等，这些是造成学习动机缺乏的主要原因。

（3）调适

1）认识学习的意义和作用。很多情况下，学生缺乏学习的积极性和主动性，是因为他们不知道为什么学习？对于学习在人生发展中的作用和意义缺乏深刻的认识。因此，使学生充分认识到掌握知识对于适应知识经济时代的重要性是十分必要的。如果不珍惜学习，不掌握扎实和过硬的本领，将来在工作中就会感到力不从心，也无法真正实现个人的理想和价值。从根本上调动他们学习的积极性和主动性。

2）恰当设置学习目标。学习目标是学习活动的出发点和归宿。明确学习目标是学生学习的战略前提，是提高学习积极性、自觉性和效率的关键。一个人有了一定的目标以后，就会不断地去追赶目标，也就会想方设法地克服困难实现目标。在田径场上，如果没有终点的冲刺线，运动员就不会奋力去拼搏。学习也是这样，没有目标，也就没有努力方向。因此，青春期学生在学习过程中一定要有明确的目标。既要有长期目标，又要有中期目标，还要有短期目标和具体目标。学习目标的设置一定要适当，要符合自身实际，既不能过大，也不能过小，目标过大显得空洞，容易使人失去信心，目标过小又会显得琐碎、太简单，完成后也没有成就感。

3）制订具体的学习计划。在确立了具体的目标后，还必须善于根据目标的要求制订具体的实施计划，否则目标就容易落空。因此，在学习过程中一定要制订较为详细的学习计划，争取做到计划到月、计划到周、计划到日，以便科学合理地利用和分配时间与精力。事实证明，切实可行的学习计划，能使学习活动井井有条，忙而不乱，有助于提高学生的学习兴趣和学习效果。

4）培养专业学习兴趣。孔子在两千年前就说过："知之者不如好知者"，爱因斯坦也说过："热爱是最好的老师"。如果学生喜欢自己的专业，就会产生一种内在的学习驱动力，因此培养对本专业稳定的学习兴趣，对学习动机的激发十分有利。学生对专业兴趣的培养，可以通过听讲座、看相关的专业书籍、参加本专业的讨论等形式去了解自己的专业在科技发展中的重要作用，在当今世界上的发展水平，明确自己的努力方向。另外，学生们还可以通过参观专业对口的工厂、企业、研究所、学校、医院等，切实地体会专业学习的重要性，使其提高学习兴趣，热爱专业，产生学习动力，认真学习。

2. 学习动机过强型

（1）表现

1）过于勤奋。任何事物都应该维持一个度。动机过强的学生将所有精力都用于学习上，并坚持自己只要努力，勤奋学习就会有回报。在学习中，往往认为学习是至高无上的，把时间花在别的地方是一种浪费，因此在他们的生活中不知道娱乐、信息和运动为何物。

2）争强好胜。动机过强的学生无论在学习上还是在日常生活中都反映出争强好胜的心理。他们非常看重自己的分数、名次，经常想考到学校班级的第一名，也经常想得到他人的表扬和肯定，害怕失败，如果失败了，就会对自己产生怀疑。

3）情绪紧张。动机过强的学生往往伴随着学习焦虑的考试焦虑，经常感到紧张不安。由于长期处于巨大的压力和超负荷的学习之中，情绪上、精神上难以松弛，长此以往便导致精力不集中、记忆力减退、思维迟钝等，学习效率随之降低。许多心身问题诸如头痛、失眠、烦躁、心悸、胃肠功能失调接踵而至。所以，对于学习动机过强者来说，学习同样是一件苦差事，而不是一种乐趣。

4）容易自责。为了追求完美，动机过强的学生经常给自己订立过高的目标，为了完成自己几乎达不到的目标，经常会责备自己，并为自己施加更大的压力。他们总是不满足自己的现状，总认为自己应该做得更好，即使成功了也不能给自己带来多少喜悦之情。

（2）原因

1）设定过高目标。动机过强者往往无视自身条件和现实状况，为自己设定一个可望而不可即的目标，所以抱负超出自己实际水平，导致对自己要求严格，过于苛刻。

2）不恰当的认知模式。学习动机过强者往往拥有这样的认知模式：

"只要我付出了努力，我就会获得成功"。从而把努力和勤奋作为成功的唯一条件。这种认知模式是产生过强动机的温床。事实上，"成功只取决于努力"是一种不恰当的认知，任何成功都与自身能力和环境因素有关。努力是成功的必要条件，但不是唯一条件。正确的认知模式应该是：只有努力才有可能成功。不努力，肯定不会成功；而努力了，却也未必成功。

3）他人不恰当的强化。和动机缺乏者不同，动机过强者往往会受到家庭、学校、社会的肯定和支持。人们会称赞他们的学习劲头足、勤奋、有志向、有出息等，从而对他们进行了不恰当的强化，使他们看不到动机过强的危害，从而愈演愈烈，等到造成身心困扰时已是难以自拔。

（4）补偿心理。这类学生除学习外，大都无其他特长和爱好，不能在校园生活中引起他人的关注，因此想从学习上得到补偿。

5）性格原因。动机过强往往与个体的某些性格特征有密切关系，如过于认真，追求完美，好强固执，性格内向，沉默寡言，不善交际的人大多如此。

四、记忆方法不良的调适

记忆力是人脑对过去经验的反映，它对学习起着非常重要的作用。一般来说，良好的记忆力表现为四个品质：识记的敏捷性、保持的持久性、记忆的准确性和记忆的准备性。记忆力障碍是指其中一个或几个品质表现差或出现了问题。

1. 记忆力障碍的表现

（1）识记困难完整的记忆过程开始于识记。识记是学生识别并记住事物的过程，是记忆的第一个环节。有的人在第一次感知学习材料时，不能深度理解学习内容；对于某些内容识记速度非常慢；经过多次重复还是难以记住学习内容等。

（2）保持困难这就是我们平时说的"记得快，忘得快。"识记的事物不能持久，容易遗忘，刚学过的知识，当时记得很快，很清楚，过不了多久就忘得差不多了。

（3）记忆内容不精确对记住的东西只能记个大概，模糊和似是而非，有错漏。看书时好像记住了，考试或运用时却想不起来，或者想起来了又不正确。

（4）记忆的准备性差。记忆准备性是指能够根据目前需要，将需要的信息从记忆中准确、迅速地提取出来，它是使知识运用于实际的重要品质。有人能有效地保持，但不能有效地提取，就像茶壶里的饺子倒不出来。

2．原因

（1）记忆动机不强这类学生学习目的不明确、学习动机不强烈、学习兴趣不浓厚、对学习缺乏信心等心理状态都会使大脑对知识的记忆缺乏积极的主动性，大脑皮质不活跃甚至处于抑制状态，从而导致记忆力差。

（2）记忆方法不当。部分学生不了解记忆规律，不能在理解的基础上记忆，满足于死记硬背，被动学习，没有一套适合自己而又行之有效的记忆方法。

（3）过度疲劳。学生们长时间单调地学习，使大脑相应功能区域处于疲劳状态，兴奋和抑制失衡，产生了保护性抑制，从而降低了记忆效率。

（4）情绪紧张。人在情绪过分紧张、焦虑时会导致大脑皮质功能失调，降低记忆能力。有的学生参加重要考试时，在考场上回忆困难，甚至大脑一片空白，越急越想不出，而出了考场又都记起来了。这主要是情绪紧张所引起的记忆障碍。

3．调适

（1）增强自信，明确目的。要想提高记忆力，必须增强自信心。在识记材料时，要坚信自己有能力记住，只有这样才能引起大脑皮质相应的兴奋，充分调动脑细胞，提高记忆力。此外，记忆的目的性对记忆的效果也有很大的影响，它是驱使记忆的动力，记忆的目的越明确，记忆效果就越好。

（2）把握遗忘规律，及时复习所学知识。德国心理学家艾宾浩斯专门就学习中的遗忘做了研究，提出了著名的艾宾浩斯遗忘曲线理论。这一理论告诉我们遗忘的规律是先快后慢，先多后少，即在被识记后的一个小时内遗忘速度最快，遗忘量最大；一个小时后遗忘速度渐渐慢下来，到 48 小时后，几乎不再遗忘，记忆量保持在 20% 左右。因此，要想提高学习效率，最重要的是重视及时复习，巩固当天所学的知识，随着信息巩固程度的提高，复习次数可以逐渐减少，间隔时间可以逐渐延长一些。

（3）调动多种感官加深记忆。人的各种感官如眼、耳、口、鼻、手等，在记忆时如果能够相互协调配合，就能提高大脑皮质的兴奋度，促进暂时神经联系的形成，使人对知识的掌握更容易。而一种感官连续进行活动，大脑皮质容易产生抑制，记忆效果也就会降低。如在记英语单词时，充分运用听、说、读、写的结果，其记忆效果比单纯的看要好得多。

（4）注意克服两种抑制的干扰。在记忆时常常会出现前摄抑制与倒摄抑制的干扰现象。前摄抑制是指先前的学习记忆对后继的学习与记忆的干扰；倒摄抑制是指后继的学习与记忆对先前学习材料记忆的干扰。如当我们学习英语单词时，我们以前学习过的汉语拼音对我们的记忆有干扰，这就是前摄抑制，当我们能熟练使用英语单词时，英语单词又对我们回忆汉语拼音有干扰，这就是倒摄抑制。在学习中，我们应克服这两种抑制的干扰，一方面要注意劳逸结合，在学习一段时间之后，要做适当的休息，使大脑神经得到放松，以防止前摄抑制的干扰；另一方面，应尽量将相类似学科的学习时间隔开，将维度大的学科与较容易的学科交替安排，以克服倒摄抑制的干扰。

（5）遵循记忆规律。掌握科学的记忆方法在学习过程中，要掌握科学的记忆方法，经常进行记忆锻炼，就可以使学生的记忆力得到提高。

现介绍一些记忆的方法：

1）回忆记忆法。心理学实验表明，回忆比单纯的反复识记效果好。将学过的内容，经常地、及时地尝试回忆，在回忆过程中加强记忆。

2）联想记忆法。把记忆内容与已有的知识联系起来或与相关的事物联系起来，通过接近联想、类似联想、对比联想等提高记忆效果。

3）理解记忆法。领会记忆内容的意义，找出事物的内部联系与规律，从而加强记忆。

4）形象记忆法。对于那些比较抽象的内容，可用图、表等形象地描绘出来，有助于记忆。

5）对比记忆法。在记忆相类似的事物时，可将两种事物进行对比，找出异同；或把某一事物和它的对立面比较起来进行记忆。

（6）保持良好的情绪。情绪状态心理学家认为，愉快的心情会引起人体的一系列生理变化，如肌肉舒适放松，心脏有规律地跳动，体温略上升等。这些愉快的感觉会引起身体的快感，在这种状态下学习，记忆效果会显著提高。而在心情不愉快时，心跳加快，血压升高，人的精神不易集中，记忆效果不佳。

五、缺乏学习兴趣的调适

厌学是学生对学校的学习和生活失去兴趣，产生厌倦情绪，持冷漠态度等心理状态及其在行动中的不良表现方式。

1. 表现

（1）认知上存在偏差，认为学习无用，不学习也能赚钱养活自己。把学习当成沉重的负担，甚至是浪费时间。

（2）情感上消极对待学习，萎靡不振，意志消沉。课堂注意力不集中，不认真听讲，经常打瞌睡。

（3）行动上主动远离学习，旷课逃学。对学校、老师及家长提出的学习要求非常抵触，甚至弃学出走。

2．原因

（1）自身因素首先是学习态度问题。部分学生学习目标不明确，志向不定，缺乏学习动机，不能充分认识学习的意义，在学习上缺乏自制性和坚持性。其次是学习方法不当。由于没有掌握正确的学习方法，导致学习效果差，打击了学生的学习积极性。最后是性格因素。有些学生由于性格内向、孤僻，不愿意和别人沟通交流，同学关系不融洽，感到在学校没意思，从而产生了厌学心理。

（2）学校因素"应试教育"使学生从上小学开始，就面临着升学的重重压力，不少学校忽视和违背教学规律和学生的身心发展规律，采用加班加点，题海战术，无尽的考试，五花八门的奖惩措施等方式提高升学率，学生在这种高压下学习，体会不到学习的乐趣，自然也就谈不上一丝一毫对学习的兴趣，从而产生了"学够了""学烦了"的厌学心理。

（3）社会因素在商品经济大潮的冲击下，部分学生的社会价值观发生了倾斜，拜金主义冲击校园，致使"读书无用论"又有蔓延的趋势。同时，社会上的一些不良现象、不健康的影视音像制品，对青春期的学生造成了极坏的影响。一些自制力弱、成绩差的学生放下手中的书本，沉迷于网络游戏之中，造成了"厌学"甚至"弃学"。

3．调适

（1）学校方面要改革教育体制，创新教学方式，更新教学内容，培养学习兴趣，提高师资队伍的整体素质，切实关注青春期学生的心理健康。

（2）学生自身要正确认识学习上存在的困难，改变不合理的观念；树立远大目标，制订人生规划；有意识培养学习兴趣，增强对学习的适应能力，加强自我调控，树立正确的压力观，优化个体自身的人格品质。

（3）社会方面要营造一个良好的社会氛围，确立社会主流意识，帮助青春期学生树立正确的人生观和价值观。只有确立积极的社会主流意识，才能增强青春期学生的辨别力，使他们摒弃消极的意识形态，树立积极向上的价值观，为进一步明确学习目的，端正学习态度奠定基础。

六、学习的自我监控

学生学习的自我监控，是指学生在学习活动的全过程中，将自己正在进行的学习活动作为意识的对象，不断地对其进行积极的计划、监察、检查、评价、反馈、控制和调节的过程。学习自我监控能力的高低，是影响学生学业成绩好坏的重要因素。培养学生学习自我监控能力，是促进学生主动、自觉、有效学习的根本前提和基本保证。

1. 自我监控的基本特征

（1）能动性：自我监控是建立在学生积极、主观、能动的基础上的，能动性是学生学习自我监控的首要特征。如果学生对自己的学习活动缺乏积极性和主动性，在学习过程中没有发挥自己的主观能动作用，那么他也就不会注意自己的学习是否有效以及效果的好坏，当然他也就不会对自己的学习活动进行计划，对自己的学习过程进行监控，对自己的学习结果进行评价。由此可见，学生在学习活动中所出现的任何自我监控行为，都体现了学生的主体能动性。

（2）反馈性：自我监控要求学生在学习活动中不断地去获取各种信息，审视和检查学习过程和学习活动的效果，并据此及时调节学习活动的各个方面和各个环节。由于学习自我监控的主客体均为同一个体，其信息反馈是一种个体关于自身的特殊反馈，与一般监控相比，学习自我监控反馈的水平更高，特征也更鲜明。

（3）调节性：调节性就是要求个体随时根据情况变化，积极、灵活、适宜地进行自我调整，以适应变化后的情况。学生在学习过程中学习目标的确立、学习努力程度的调节、学习方法与问题解决策略的选择、学习时间的利用、学习步骤的安排、学习计划的执行、学习效果的检查和分析以及补救措施的采取等，都体现了学习自我监控的调节性。

2. 培养学生学习自我监控能力的策略

（1）计划监控。计划监控包括设置学习目标、浏览阅读材料、设计问题以及分析如何完成学习任务。成功的学习者并不只是被动地听课、做笔记和等待老师布置作业。他们会预测完成作业需要多长时间，在做作业前将各种相关知识融会贯通，在考试前复习笔记，在必要时组成学习小组等等。通过这些设定的计划，学生对自己的学习过程进行监控，经常对学习过程与原先的计划设想进行比较，及时发现问题，进行调整。

（2）领会监控。领会监控即调控学习过程的策略，包括警觉自己在理解方面的问题，监视自己的速度与时间，审视目标是否达到，对材料自我提问等。一些研究表明，从幼儿园到大学都缺乏这种领会监控技能，好多学生总是把重复（如读、抄笔记等）作为他们的主要学习策略。为了帮助这样的学生，德文（Devine，1987 年）建议他们使用以下策略以监视并控制自己的领会过程：首先，变化阅读速度以适应对不同性质课文领会要求上的差异。对于比较容易的章节读快点，抓住作者的整体观点，对于较难的章节，则要放慢速度。其次，容忍模糊。如果某些事不太明白，继续读下去，作者可能会在后面填补这一空隙，增加更多的信息或在后文中会有明确的说明。再次，学会猜测。当所读的某些内容不明白时，养成猜测的习惯。如果猜测不清楚段落的含义要继续读下去，以验证自己的猜测是否正确。最后，重读较难的段落。当信息仿佛自相矛盾或模棱两可时，重新阅读较难的段落，这时你会有新的发现。

（3）注意监控。注意监控是指学习者在学习过程中对自己的注意力或行为进行自我管理与自我调节，如注意自己此刻正在做什么，如何避免接触能分散注意力的事物，如何抑制分心等。

七、考试期间心理问题与调适

考试是学习过程的一个必要环节。通过考试可以检查学生的学习状况和老师的教学效果，同时考前学生对所学课程的系统复习可以加深对知识的理解和巩固，提高运用知识的能力。而研究表明，考试是青春期学生产生心理压力的主要来源之一。面对考试有一定的压力是正常的心理反应，而部分学生在一定应试情绪的激发下，表现出担忧、紧张和逃避的心理状态，甚至出现严重的心理障碍。这不仅不利于学习效率的提高，而且对其身心健康也有很大的影响。

1. 表现

（1）考试前焦虑。表现为难以自制的担忧、焦躁和紧张不安，无法安静下来认真复习；注意力难以集中，记忆、思维和想象等心理能力自感明显衰退；复习吃力，效果不佳，复习计划不能正常完成；身心疲惫，多感不适，产生头痛、头晕等症状。

（2）考试中焦虑。表现为心跳加快、手脚发抖、胃肠不适、尿频。考试过程中遇到难题，不能冷静思考，而是烦躁不安，致使思路中断，大脑一片空白，甚至出现休克现象，导致考试无法进行。

（3）考试后焦虑。考试之后，一想起自己有些题应该做对而没有做对，便懊悔不已，担心自己考试成绩不理想而焦躁不安，甚至伴有失眠、消化功能减退、全身不适和自主神经系统功能失调的症状。

2. 原因

引起考试焦虑的原因是错综复杂的，既有考生个体内在的因素，又有外在的社会环境因素；既有主观因素，又有客观因素；既有直接因素，又有间接因素。各种因素相互影响，交互作用。当某种外因与一定的内因结合时，就会导致强烈的考试焦虑的产生，从而使考生的心理和行为出现不适应。

（1）客观因素

1）家庭因素。家长期待过高，或者要求和期待不适合子女的兴趣与专长，往往会导致子女对学习和考试的厌恶情绪，助长考试焦虑。

2）学校因素。学校是施行考试最频繁的场所，对于考试焦虑影响最大。学校实行的补考、重修、末位淘汰等管理制度，在一定程度上增加了学生的心理负担。

3）社会因素。如今社会竞争日益激烈，升学、就业的难度越来越大，"出国潮"越来越热，加上同学之间的相互竞争，这些都会给青年学生造成过大的心理压力和过重的思想包袱。

（2）主观因素

1）认知评价因素。认知因素是考试焦虑的决定因素。认知评价因素包括自我评价与自我接纳、自我效能感、负面评价恐惧等。通常自我评价和自我接纳程度高，其考试焦虑程度会降低。如果自我评价过高，对自己抱有不切实际的期望，同样也会引发考试焦虑。自我效能感高的学生相信自己能处理好各种事情，而自我效能感低的学生由于缺乏自信容易高度焦虑，认为自己所有的努力都是徒劳无功的。负面评价恐惧是指对他人评价的恐惧，为负面评价而苦恼，担心他人给自己作出负面的评价。

2）生理因素。有些同学平时缺乏体育锻炼，身体素质差，考前压力大，心理紧张，引起食欲不振，消化不良，神经衰弱等，上了考场后头脑昏沉，记忆力下降，思维阻滞。还有些考生考前加班加点，造成睡眠不足，过度疲劳，无法在考试中正常发挥。

3）个性因素。有些学生因长期受不良环境和教育的影响，形成的人格特征使自己容易产生焦虑。具有这种人格特征的人经常处于紧张不安的状态，适应能力差，稍有压力就会产生紧张与恐慌。他们平时情绪不稳定，学习效率低，一旦遇到考试，就会紧张、焦虑、注意力不集中，无法在规定时间内作答，考试结果往往很不理想。

4）对所学课程的掌握程度。一个学生无论如何聪明，平时如果不认真学习，没有真才实学，考试时也会无从下笔。学生知识经验储备不足，记忆提取困难，面临考试和正在考试时必然就会焦躁万分。那些平时不努力学习，知识基础较差或"临时抱佛脚"的同学心中无底，对考试准备不充分，考试时就容易感到紧张与焦虑。

3. 调适

（1）对考试应有一个正确的认知评价对于学生来说，考试只是衡量学习效果，促进学生努力学习的手段，它不能完全反映学生的学习能力和知识水平，更不能决定一个人的前途和命运。因此，学生要对考试持有正确的认知，坦然面对个人得失，把注意力放在学习过程中。

（2）认真学习、复习、制定合适的目标平时要刻苦学习，及时掌握所学的知识；考前要制订学习计划，对学过的知识进行全面、系统的复习；要根据自己的原有基础和现在潜力制定适合自己的努力目标。

（3）注意身体健康应考的学生在考前复习和应试阶段，要保证有足够的睡眠时间，包括生活规律的重新调整，适当增加营养，可以进行运动量较小的体育锻炼，做些喜爱的运动，使自己的身心放松。

（4）积极地应对怯场，注意考前几分钟不要看书。如果考试时因过分紧张而出现思维混乱或大脑一片空白、手脚发抖、头晕等症状，应立即停止答卷，轻闭双眼，做深呼吸，全身放松，适度舒展身体，等情绪平静后，再集中注意力答卷。

（4）进行心理咨询，求助心理医生，若考前无法控制自己的情绪，或者是连续出现几次"怯场"现象，应进行心理咨询或寻求心理医生等专业人员的帮助。

八、考试作弊心理及其预防

考试作弊作为一种特定的和普遍的现象，被称为"校园流行病"，个人作弊、群体作弊，利用通信手段作弊等方式层出不穷，所谓"分不在高，及格就行；学不在深，作弊就灵"，诸如此类的课桌文化段子，折射出了校园作弊这一现象及其背后复杂的心理。考试作弊的不利影响是众人皆知的，不但影响学校对学生学习效果的考察，影响对学生评价的公平性，影响学校人才培养的质量，影响一所学校良好教学风气的形成，更影响社会的诚信建设。对青春期学生而言，作弊的负面心理效应对个体心理健康的成长极其不利。

1. 考试作弊的典型心理表现

（1）侥幸心理。凡是考试作弊被抓获的学生都承认他们在作弊时存在侥幸心理，虽然都知道作弊是学校禁止的行为，一旦被抓获就要受到处分，但他们总希望自己能"碰上好运"。

（2）依赖心理。依赖心理的形成主要是由于青春期学生自我意识的薄弱造成的。学生们多数为独生子女，从小就由家庭或学校包办过多过细，他们对人生观、价值观缺乏思考，自我意识薄弱，人格不健全，对是非对错不加分析，不以考试作弊为耻，而是把它当成应对考试的有效手段，对考试作弊有一种习惯性的强烈依赖心理。

（3）功利心理。作弊学生中有部分学生铤而走险是为了获得奖学金、优秀学生等荣誉，尽管这些学生学习成绩不差，平时表现也不错，但为了提高分数或炫耀自己学得如何好，才加入到作弊行列中。还有的学生甚至把帮助别人考试作弊当成利益交换的筹码，他们通过帮助别人作弊，充当代考"枪手"等方式获取物质利益，这些都是典型的急功近利的表现。

（4）不平衡心理。一些学生开始并不认为考试作弊是应该的，但发现周围作弊的同学成绩比自己好，甚至拿到了奖学金，也就跻身于作弊行列。

（5）投机心理。部分学生没有学习目标，平时怕吃苦，学习不努力，到考试时开始动歪脑筋，利用各种手段进行考试作弊，想用"投机取巧"来"坐享其成"。

（6）怀疑心理。这类学生对自己信心不足，总想通过核对答案或翻看书籍等作弊手段来验证自己做题的正确性，经常称"我对自己没信心，总怀疑自己做的不正确。"

2. 对于考试作弊的预防

（1）树立正确的道德观、人生观和价值观。学校要重视对学生的非智力性因素的培养，思想政治教育不可忽视，平时要加强考试纪律的教育，考试前组织诚信考试动员大会，举行诚信考试签名活动。学生是作弊的主体，考试作弊与学生道德认识水平低下和集体舆论错位有关，所以当务之急是要加强学生的道德品质的教育，提高学生对作弊及其危害的认识，让他们认识到诚信是做人的原则，自我教育，开展形成良好的品格。

（2）明确学习目标青春期学生学习目标的明确与否是至关重要的。明确的学习目标有利于学习动力的提高和学习热情的激发。青春期阶段的学习，不是简单的知识灌输和积累，而是学会学习，掌握自学的技巧。考试只是检查我们对知识的掌握情况。学生更重要的是要学会学习，只有学会学习，遵循学习的规律，做到循序渐进，厚积薄发，才能使自己树立自信，自如地应对考试。

（3）理智看待考试及其结果。心理学研究发现，应激和挫折本身并不是导致情绪障碍和行为偏差的直接原因，人们对诱发事件所持的看法、解释、信念才是引起人的情绪和行为的直接原因。很多学生对考试本身以及考试不及格等引起的后果存在错误的认识，认为考试只能成功不能失败，考试失败就意味着人生的失败，考试失败会对不起父母朋友，一次考试失败就意味着前途彻底黯淡等等。种种的认知偏差都需要我们不断地去转变和矫正。

生活中有很多人生哲理值得我们去学习和借鉴，比如"兵来将挡，水来土掩""塞翁失马，焉知非福""顺其自然，为所当为""阳光总在风雨后"等等，都是具有智慧性的。学生如果能合理地转变自己绝对化的，以偏概全的认识事物的模式，那么就能够以从容的心态面对考试及其结果。

（4）做好考试期间的良好心理维护和保健，很多学生在考前有考试焦虑、考场恐怖等心理问题，所以做好考试期间的良好心理维护，确保一个良好的心理状态去参加考试，从而避免作弊念头的产生和行为的发生是非常必要的。考试期间良好的心理维护可以通过自我鼓励、自我积极暗示、科学用脑、有效利用生物节律安排复习、劳逸结合、加强运动、焦虑时转移注意力、学会放松、积极咨询求助、合理用药等一系列心理自我保健、心理咨询甚至心理治疗的方法来达到良好的效果。以积极乐观的心态应对一切考试，做到顺其自然，考出理想的成绩。

魔力悄悄话

智力水平高的人不一定能成为杰出的人才，而成功者大都具备非智力因素如坚韧、恒心、毅力、具有强烈的求知欲、不怕失败，凡事有主见、雄心勃勃，在希望渺茫的情况下，敢于坚持到底等特征。

培养健康的学习心理

一、培养浓厚的学习兴趣

从教育心理学的角度来说，兴趣是一个人倾向于认识、研究获得某种知识的心理特征，是可以推动人们求知的一种内在力量。兴趣是最好的老师，它是学生主动学习，积极思维，大胆质疑，勇于探索的强大动力。因此，青春期学生应积极培养浓厚的学习兴趣。

1. 培养对学习的好奇心

好奇心是指人们对新奇事物积极探求的一种心理倾向。它是学生学习取得成功的先决条件，并在学生形成积极的学习态度方面起着重要作用。当学生在学习过程中产生自发的好奇心后，能逐步转化为具有特定方面的好奇——对根源的好奇，进而产生学习的兴趣和探索，为今后的学习奠定基础。

2. 广泛积累知识

知识积累是形成学习兴趣的源泉。苏霍姆林斯基曾说过："在事物本质中，在它们的相互关系中，在运动变化中，在人们的思维中，在人类创造的所有一切中，都含有兴趣的无穷无尽的源泉。"可见，广博的知识中包含着广泛的兴趣。不少学生有这样的体会：对听得懂的课就有兴趣，听不懂的课就容易失去兴趣。所以，我们应设法及时把课堂上听不懂的地方弄懂，从听懂每一节课开始，进而学好每一门课，这样就会逐渐增加对学习的兴趣。

3. 提高学习志向水平

学习志向水平是指学生在心理上向自己提出的学习上可能达到的目标。学习兴趣和学习志向是紧密联系的。学习志向水平高的学生，对自己的目标设置就高，对学习抱有较高的期望，也就会对学习产生浓厚的兴趣，并愿意付出更大的努力去学习，以实现自己的目标。相反，学习志向水平低的学生，没有明确的学习目标，得过且过，缺乏学习动力，自然会经常产生失败感，导致志向水平越来越低，最终丧失学习信心。因此同学们要努力提高志向水平，树立正确的人生观和价值观，了解自己所肩负的历史重任，从而努力刻苦地投入学习，激发自己的成就动机。

4. 将兴趣与努力紧密结合

兴趣与努力是相辅相成的。在学习过程中，学生可能对某些学科，某些知识不感兴趣，但只要经过努力，克服困难，学习获得了一定的成绩，便会激起对这门学科或知识的兴趣。当有了兴趣之后，又可以促使进一步努力学习，刻苦钻研。所以，学生的学习活动既离不开学习兴趣，也离不开勤奋努力，兴趣与努力不断互相促进，才能使学习取得最佳的效果。经过努力产生的、学习兴趣，是稳定而持久的。

二、养成良好的学习习惯

学习习惯是在学习过程中经过反复练习形成、发展，并成为一种个体需要的自动化学习行为方式。良好的学习习惯有利于激发学生学习的积极性和主动性；有利于形成学习策略，提高学习效率；有利于培养自主学习能力；有利于培养学生的创新精神和创造能力，使学生终身受益。

活力——春色满园关不住

1. 养成一心向学的习惯

一心向学的习惯，是所有学习习惯中最重要的习惯。这种习惯一旦养成，你就会自觉地甚至不由自主地把万事万物都与学习联系起来，你的感官便会成为知识信息的扫描仪和接收器，你的大脑便会成为容纳知识百川并且对其进行过滤、加工、再造的法宝。同时，你会感到生活到处都有乐趣。

首先，具有一心向学习惯的人，能够充分地利用时间。这种人，在看书看报看电视甚至做一切事情时，都能把注意力的"光圈"调到与学习相关的"目标"上去；能够利用所有的闲暇时间直接或间接地做与学习相关的事。其次，一心向学习惯的人，最能调动潜意识的作用。科学家巴斯德说"机遇只偏爱有准备的头脑"，一心向学的头脑便是有准备的头脑。同样是水壶，普通人烧出的是开水，而瓦特却烧出了蒸汽机；同样是看到苹果从树上掉下来，果农见了只感到心疼，而牛顿却由此发现了万有引力定律。造成这种差别的根本原因是什么？答案只有一个：就是因为瓦特、牛顿平时一心向学，所以这些自然界的微弱刺激便激起他们灵感的火花。

2. 养成专心致志的学习习惯

专心致志的学习习惯，是青年学生必须养成的起码的学习习惯。专心致志，包括以下两个方面：一是要致力于主攻方向不分神。就是在一定时期内紧紧围绕主攻方向，安排学习内容，除学校组织和提倡的健康活动外，一切与主攻方向相悖的或不相关的事情，诸如上网、早恋等都尽量不要涉足。二是全神贯注、不溜号。上课时要全神贯注地听讲，做作业时聚精会神。对于一切与学习无关的事情能够做到听而不闻，视而不见。有些同学上课时精神溜号，讲话或摆弄东西，甚至做一些与学习毫不相干的事，这些做法都是与专心致志的学习习惯背道而驰的。

3. 养成独立钻研，善于思考的习惯

学习，最忌讳的是一知半解。要想提高学习效率，必须在学习过程

中养成独立钻研，善于思考，务求甚解的学习习惯。首先，应该学会站在系统的高度把握知识。任何一门学科都有自身的知识结构系统，从整体上把握知识，学习每一部分内容都要弄清其在整体系统中的位置，这样做往往使所学知识更容易把握。其次，应该学会追根溯源，寻求事物之间的内在联系。在学习中应注意新旧知识之间，学科之间，所学内容与生活实际等方面的联系，无论学习什么内容，都要问为什么，这样学到的知识才能似有源之水，有本之木。

三、提高自学能力

自学能力，是指在没有教师和其他人帮助的情况下自我学习的能力。它主要包括人的独立阅读能力、独立思考能力、灵活地运用所学知识分析和解决实际问题的能力，以及创造性思维和开拓创新的能力。自学能力的形成不是生来就有的，而是需要人们经过自己坚持不懈的努力，不断摸索规律，总结经验，逐渐形成适合自身特点的科学有效的思维、行为、习惯和学习方法，在长期的社会生活特别是自学生活的实践中逐渐形成，并随着实践的延续和发展而不断提高。青年学生要特别注意自学能力的培养，学会独立支配，合理利用学习时间，自觉主动地学习，为将来适应社会工作打下良好的基础。

1. 充分发挥自己的主观能动性，养成积极主动的学习习惯

青年学生要培养自主学习习惯，一方面是时时用心，事事用心，处处用心，把握机遇，积极主动地创造条件；另一方面是对自己的一切负责，勇敢面对，不再一味搁置不确定的事情，困难的事情。要按照自己的学习目标和专业要求去选择，吸收有用的知识；要自主选择适合自己特点的学习方法，提高获取知识的能力。

2. 正确选择学习目标和制订学习计划

选择目标要以自己的需要和发展为基础。在校学生可以把弥补某个

薄弱环节作为一定时期的主攻目标。一个人的时间和精力总是有限的，如果没有明确的目标，缺乏主攻方向，就会白白耗费精力。在明确目标的基础上，还要为自己制定一个切实可行的计划，养成按自己制定的目标和计划学习的习惯。此外，学生还应掌握时间管理的方法，分清学习任务的轻重缓急，有效地利用时间，提高自学的效率和质量。

3. 充分利用图书馆和互联网，培养独立学习和研究的本领

学生一定要学会查找书籍和文献，以便接触更广泛的知识和研究成果，应尽量多读一些英文原版教材。除了这些常规途径外，如今的网络资源是一种信息时代赋予得更为便捷的获取知识的方式。在网络上，人们可以索取与自己专业相关的知识，也可以学习其他自己感兴趣的知识，甚至是自己未曾接触过的新鲜东西。网络信息资源的快捷和知识更新的高频性，已经使得它成为人们获取知识的最主要的途径之一。学生是利用网络资源的主体，也正如此，网络资源赋予了学生培养自学能力的机会。

4. 积极参与各种形式的课外实践活动

"实践出真知"，实践在人们获取知识、培养能力方面具有不可替代的作用。伴随着国家素质教育的实施，各种形式的课外实践活动在校园内外开展的红红火火。这不但丰富了学生的校园生活，还给学生创造了锻炼自己，培养能力的机会。可以说，在实践中培养能力是最直接也是最有成效的一种方式。因此，学生在不耽搁正常上课的前提下，要积极地参与实践活动，充分地展示自己，培养自己。

四、掌握科学的学习方法

学习方法是指在学习过程中，一切为达到学习目的，掌握学习内容，而采取的手段、方式、途径，以及学习所遵循的一些操作性原则。科学

的学习方法有助于我们在学习中少走弯路，有利于培养和提高各种学习能力。人们常说："学习有法，学无定法"，最好的学习方法应当既是科学的，又是适合自己的。

1. 制订科学的学习计划

（1）确定可行的学习目标，订计划时，不要脱离学习的实际，目标不能定得太高或过低，要依据知识能力的实际，"自身缺欠"的实际，时间的实际，教学进度的实际等确定目标，以通过自己的努力能达到为宜。

（2）长计划与短安排相结合长计划是指根据学习的中、远期目标，确定学习的内容、专题，大致规划投入的时间；短安排是指根据近期目标制订具体的行动计划，即每周每天的具体安排和行动落实。

（3）学习要突出重点所谓重点，一是指自己学习中的弱科或成绩不理想的课程或某些薄弱点；二是指知识体系中的重点内容。制订计划时，一定要集中时间，集中精力保证重点。

（4）定期检查与及时调整要检查计划的内容是否按时保质保量地完成了，如有不实际的地方要及时调整。

2. 把握关键环节，提高学习效率

日常学习主要有三个关键环节，即预习、听课和复习，每个环节都有自己的规律和方法。

（1）预习的好处是显而易见的，通过预习知道了知识的重点难点和关键点，可以提高听课效率，化被动学习为主动学习，缓解课堂上听和记的矛盾。预习也是在自学，通过预习形成了自学的能力将会终身受益。预习的目的决定了预习的方法重在"画""批""写"。预习时一定要边阅读，边思考，边动手，"画"就是在预习时画出层次，画出重点难点，特别是自己无法理解之处；"批"就是将自己在预习时对知识的理解、个人的心得体会批注在相应的位置，以便与老师的讲解对照、比较；"写"就是将自己不理解的地方写下来，以便提高听课的针对性。预习时应避免两种偏差：过粗或过细。过粗达不到预习的目的和效果，过细则造成时间和精力的浪费。预习的尺度只要能达到重温旧知识，了解新知识的层次和自己不明白的难点即可。

（2）听课学生认真听课会使师生教学互动浑然一体，提高教师讲课的激情和艺术性，课堂语言生动形象，妙语连珠。学生听课的方法应体现在以下几个环节：导入时注意听新旧知识的联系；教师启发提问时积极思考，勇于回答，当别人回答时注意把别人的答案和自己的思考相对照比较，以求取长补短；对老师的板书要做好记录；课堂结束时专注老师的总结性讲解，以提高听课的收获。另外，课堂做好笔记也是关键一环。做笔记要有选择性，对于自己理解的东西，只要记下提纲就行，省下时间听课，加深理解，而对于自己不懂的内容要详细记下来，以便课下进一步消化理解。有人总结好的做笔记方法应该是："详略得当选择记，结合理解灵活记，板书时间迅速记，不懂问题特殊记。"这样可以记、听兼顾，避免了顾此失彼，确保是在听课而不是在记课。

（3）复习这是学习过程中巩固知识的环节。要根据记忆的规律，科学地复习。通过及时巩固新知识，分散复习与及时复习相结合，尝试回忆和反复阅读相结合等方法来帮助自己进行有效的复习。另外，要特别重视在应用中复习，凡是自己应用过的知识记忆效果特别好，这已为很多人所证明。应用的方式有多种，做作业是其中最常见的一种，因此要重视课堂作业，保质保量地完成。社会生活实践中的应用是更重要的环节，要时时处处地留心观察，养成分析问题解决问题的习惯。更大范围的复习是看同类性质的参考书，看相关的知识和实际例子，对所学的知识起到加深和巩固的作用。

3. 有效地开发大脑潜能

脑是人体最重要和最活跃的器官，虽然大脑只占人体重量的2%，但消耗的能量却占全身总耗能量的20%以上，大脑的工作能力也是有限的，不能过度使用。而学习是一种极其繁重的脑力劳动，学习时大脑处于高度紧张兴奋状态，需要大量新鲜血液提供足够的营养，因而导致心跳加快、血压升高等一系列生理变化。因此学生需要掌握用脑规律，来提高学习效率。

（1）保持大脑的营养。大脑大体上由三大类物质组成：水、无机物和有机物。要维护脑的正常功能，就得靠这些物质的平衡。如果缺乏某种物质，造成平衡失调，大脑就不能正常工作。因此，要保护大脑，就需要保证一定的营养。研究表明，食物中如果糖类、维生素、脂肪和蛋白质缺乏，不仅会使人的脑重达不到正常的水平，而且会影响人脑的功能，使人智力低下。因此，学生在条件许可的情况下，要适当地吃些鸡蛋、豆制品、瘦肉、奶类、水果、芝麻、核桃仁、花生米等富含蛋白质和维生素的食物，同时要吃好早餐，吃饱午餐，不要偏食。

（2）保证充足的睡眠。充足的睡眠是保证大脑工作的重要因素，因为长时间的用脑，使大脑皮质神经细胞疲劳，充足的睡眠会消除这种疲劳，恢复脑力。一般来说，15～20岁的青少年，每天至少要睡9～10个小时，成年人要保证8小时。有条件的话，中午可以小睡，使脑细胞得到暂时休息，以充沛的精力投入下午的工作和学习。

（3）合理安排用脑时间。生理学家研究认为，人的大脑功能有四个记忆高潮：清晨起床时是第一个记忆高潮；上午8～12点是第二个记忆高潮；下午6～8点是第三个记忆高潮；睡前一个小时是第四个记忆高潮。根据大脑记忆功能这一变化规律，选择恰当的时间记忆学习的内容，就能取得最佳效果。同时，根据其他脑功能变化规律，结合自己的记忆高峰期来学习不同方面的课程，科学合理地安排时间，就会在学习时取得事半功倍的效果。

（4）加强体育锻炼，保持良好情绪。参加体育锻炼和文娱活动，对大脑来说是一种积极的休息，能调节大脑继续有效地工作。此外，保持良好的情绪对人体的健康有很大意义。心理学的研究表明，情绪的变化对大脑有很大的影响，精神紧张和焦虑，苦闷和悲伤都能使脑细胞的能量过度消耗，使大脑处于衰弱状态。因此，健康的身体与良好的情绪是科学用脑的主要方面。

五、调整学习认知，更新学习观念

学生的学习观是指学生个体对知识、学习现象和经验所持有的直觉认识，是在日常学习活动、课堂教学以及社会文化环境中逐渐形成的。

青年学生的学习观对他们的学习成绩、认知过程及策略、自我调节以及学习动机具有一定的影响，因此青春期学生应树立科学的学习观。

1. 自主学习——从"要我学"到"我要学"

所谓自主学习，是指学生个体在学习过程中一种主动而积极自觉的学习行为，是学生个体非智力因素作用于智力活动的一种状态显示。它表现为学生在教育活动过程中强烈的求知欲、主动参与的精神与积极思考的行为。其重要特征是已具备了将学习的需要内化为自动的行为或倾向，并具备了与之相应的一定能力。

在自主学习的状态下，学习的压力产生于内在需求的冲动，即自我价值实现和社会责任感的驱动，而不是外在的压迫或急功近利的行为。因此，学习的目的不是为了分数和通过考试，不是为了应付家长和老师，而是为了获取知识、技能和锻炼培养能力。

自主学习观念主要包括以下四个方面：

第一，自我识别。对自己的智力因素和非智力因素方面的自我认识，是自主学习的基础。

第二，自我选择。主要包括自主设置学习目标，确立适合自己特点的学习方式，自主制订学习计划，合理利用和支配学习时间，在完成学习计划和目标的同时，有选择、有侧重地进一步扩充某些知识和发展某些能力等是自主学习的核心。

第三，自我培养。主要是在自我选择的基础上，积极主动地将计划付诸行动，如找到适合自己的，科学有效的学习方法来保证目标和计划的实现，是实现自主学习的主要途径等。

第四，自我控制。在学习内容、学习时间、学习方法和策略等方面排除干扰，对自己实行有效的控制。用顽强的意志克服惰性，保证目标的实现。

2. 创新学习——从"继承性学习"到"创新性学习"

创新学习，是学生创造性的自我学习的一种方式，是学生凭已有知识独立地发现未曾学过的知识，未曾知晓的解题方法，未曾掌握的研究方法的过程。学生或通过探究性学习，在好奇心的驱使下，经过质疑、提问、观察、研究、讨论、归纳和总结，自己得出结论；或借助发散性思维，打破正向和局部的思维定式，在求异思维中发展想象力，在整体思维中多角度求解。用一题多解，一题多论，从不同角度，用不同方法分析、解决同一问题。创新学习观是对"传授知识——接受知识"的传统学习模式的挑战。青春期学生的学习不应仅满足于重复和再现前人或他人的思维和行为的过程和结果，而应学会在学习过程中获取和发现前人和他人未能发现和获得的新知识、新技能，对现有的知识应该有新的理解，新的认识，新的思路，新的应用。

3. 全面学习——从"知识学习"到"素质学习"

青年学生的学习已经不仅是知识的学习和课堂的学习了，更重要的是能力的培养与提升，综合素质的全面提高。根据当代社会对人才知识、能力、素质的要求，我们可将青春期学生的综合素质概括为思想道德素质、专业素质、文化素质和身心素质四个方面。为了促进综合素质的全面提高，学生们要充分发挥自身的积极性、主动性，确立全面学习的目标，做到德与才的统一，博与专的统一。

4. 终身学习——从"学历社会"到"学习社会"

终生学习是指个体的学习活动是一生中连续不断的过程。这就意味着每个人都有接受教育，参加学习的权利，每个人都应该获得均等的受教育机会。21世纪的社会是终身教育、终身学习的学习型社会，知识经济这种全新的经济形态正改变着我们的物质世界和精神世界，向我们的教育和学习提出了新的标准和更高要求。人们也越来越认识到，实践无止境，学习也无止境。古人云：吾生而有涯，而知也无涯。

魔力悄悄话

当今时代，世界在飞速变化，新情况、新问题层出不穷，知识更新的速度大大加快。人们要适应不断发展变化的客观世界，就必须把学习从单纯的求知变为生活的方式，努力做到活到老学到老，终身学习。

第五章
自强的心理活力

　　"自强不息"道出了做人的基本准则，更体现了那些先天性身体有着缺陷人们的意志与对生命不输的执着精神。生命是我们不能把握的，但命运我们可以去创造；逆境我们不能预知，但生命的光明属于我们……。他们的每一句言辞都扣动着我们的心弦，每一字都在振憾着我们的灵魂，他们是发自内心的，从他们的严词、眼神中看到的是我们这些正常人力所不能及的力量。

顽强心理活力

1. 不怕挫折

　　莎莉·拉斐尔是美国非常有名的电视节目主持人，曾经两度获奖，在美国、加拿大和英国每天有 800 万观众收看她的节目。不过她在 30 年的职业生涯中，却曾被辞退 18 次。

　　刚开始，美国大陆的无线电台都认定女性主持不能吸引观众，因此没有一家愿意雇佣她。她便迁到波多黎各，苦练西班牙语。有一次，多米尼亚共和国发生暴乱事件，她想去采访，可通讯社拒绝她的申请，于是她个人凑够旅费飞到那里，采访后将报道卖给电台。

　　1981 年她被一家纽约电台辞退，无事可做的时候，她有了一个节目构想。虽然很多国家广播公司觉得她的构想不错，但因为她是女性，还是没有公司愿意雇佣她。最后她终于说服了一家公司，受到了雇佣，但她只能在政治台主持节目。尽管她对政治不熟，但还是勇敢尝试。

　　1982 年夏，她的节目终于开播。她充分发挥个人的长处，畅谈 7 月 4 日美国国庆对个人的意义，还请观众打来电话互动交流。令人想不到的是，节目很成功，观众非常喜欢她的主持方式，所以她很快成名了。

　　当别人问她成功的经验时，她发自内心地说："我被人辞退了 18 次，本来大有可能被这些遭遇所吓退，做不成我想做的事情。结果相反，我让它们鞭策我前进。"

2. 顽强改变命运

　　湖南邵阳农民赵菊春，在挑战人生的过程中表现出的顽强性格令人赞叹不已。作为一个生活在社会底层的农民，他虽然只读了几年的书，却写出了《挑战人生败局》一书。那是因为他有强烈的自我意识，不甘于命运的摆布。为了生存，年轻的时候，他也曾进行过各种生存方式的尝试，甚至去参与赌博，参与黑社会组织。可贵的是，他有一颗善于反省的头脑，他对个人的所作所为进行反思之后，毅然下决心靠个人的汗水和智慧，开创个人崭新的人生。

于是，他借钱开了一个水晶石加工厂，但时运不济，由于市场不景气、技术落后等诸多原因，一年之后，他的水晶石加工厂倒闭了。

钱没挣到，反而欠下了许多债务。

但他并没有被打倒，他决不屈服于命运的打击，他要抖擞精神，继续奋斗。一个风雪交加的早晨，他来到了北国名城大庆，开始了新的创业生涯。他在大庆开了一家眼镜店，以良好的信誉和周到的服务，被大庆人称为"最有人情味的商人"。

后来，他又来到北京，投资文化产业，如今，他的博源慧田文化公司已成为京城文化大军中一支不可忽视的劲旅。正是不甘屈服、顽强的性格成就了赵菊春。

3. 98 % 的汗水

爱迪生是个天才，他有着普通人无法企及的天赋，但正像他自己所说的："天才是98％的汗水加上2％的灵感。"

爱迪生的一生是传奇的，他顽强的性格、锲而不舍的努力造就了他辉煌的事业。他一生共有发明2000多项，被称为"发明大王"。

爱迪生从小就有着超强的好奇心，对什么事都想知道其背后的原因，不仅如此，对什么事情他都想自己动手尝试一下。

在爱迪生研制电报机的时候，他有时一个星期也不离开实验室。饿了啃几口面包，渴了喝几口清水，废寝忘食地工作，甚至置个人的新婚妻子于不顾，专注于他的研制工作。他发明电灯的过程更是突出表现了他顽强的性格。

在进行实验之前，他在电灯方面建立了3000多种理论，每一种理论似乎都可能变成生活。他锲而不舍地一一进行实验，最终确定只有 2 种理论可以行得通。他是一个工作狂，只要进入他的实验室、进入他的工厂，他就忘记了身边的一切。

被人誉为乐圣的德国作曲家贝多芬，一生遭到了数不清的磨难，贫困几乎逼得他行乞；失恋、耳聋，几乎毁掉了他的事业。不过，贝多芬并未一蹶不振，而是向命运挑战！

在他两耳失聪、生活最悲惨的时候写出了他的最伟大的乐曲。正如他给一位公爵的信中所说："你之所以成为公爵，只是由于幸运的出身；而我成为贝多芬，则是靠自己。"

4. 赢得起，也输得起

在竞争当中，当然大家都想取得好成绩，然而要记住：因为输赢乃是生活中平常的事情，赢得起，也输得起才算真正的英雄。

在一次残酷的长跑角逐中，参赛的有几十个人，他们都是从各路高手中选拔出来的。但是最后得奖的名额只有 3 个人，所以竞争格外激烈。一个选手以一步之差落在了后面，成为第四名。他受到的责难远比那些成绩更差的选手多。

"真是功亏一篑，跑成这个样子，跟倒数第一有什么区别？"这就是众人的看法。这个选手若无其事地说："虽然没有得奖，然而在所有没得到名次的选手中，我名列第一！"

5. 失去不一定是坏事

我国有一个古老的故事——塞翁失马。

靠近边塞居住的人中，有位擅长推测吉凶掌握术数的人。

一次，他的马无缘无故跑到了胡人的住地。人们都为此来宽慰他。那老人却说："这怎么就不会是一种福气呢？"

过了几个月，那匹失马带着胡人的良马回来了。人们都前来祝贺他。

那老人又说："这怎么就不能是一种灾祸呢？"算卦人的家中有很多

好马，他的儿子爱好骑马，结果从马上掉下来摔断了大腿。人们都前来慰问他。

那老人说："这怎么就不能变为一件福事呢？"过了一年，胡人大举进犯边塞，健壮男子都拿起武器去作战。边塞的人，死亡的占了9/10。这个人的儿子因为腿瘸的缘故免于征战，得以保全了性命。

魔力悄悄话

青少年具有强烈的自我意识，不甘于命运的摆布。顽强的拼搏活力一定能为你的人生增添光彩。宁可做人类中有梦想和有完成梦想的愿望的、最渺小的人，而不愿做一个最伟大的、无梦想、无愿望的人。

逆境应对活力

1. 绝境创造奇迹

这是一个真实的故事：在法国荒郊野外的一个机场上，一位名叫桑尼耳的飞行员正在专心致志地用自来水枪清洗战斗机。突然，他感到有人用手拍了一下他的后背。回头一看，他吓得大叫一声，拍他的哪里是人，一只硕大的大黑熊正举着两只前爪站在他的背后？桑尼耳急中生智，迅速把自来水枪转向大黑熊。也许是用力太猛，在这万分紧急的时刻，自来水枪竟从手上滑了下来，而大黑熊已朝他扑了过去……他闭上双眼，用尽吃奶的力气纵身一跃，跳上了机翼；然后大声呼救。警戒哨里的哨兵听见了呼救声，急忙端着冲锋枪跑了出来。两分钟后，大黑熊被击毙了。

事后，许多人都大惑不解：机翼离地面最起码有 2.5 米的高度，桑尼耳在没有助跑的情况下居然跳了上去，这可能吗？如果真是这样，桑尼耳不必再当飞行员了，而应当是一名跳高运动员，去创造世界纪录。但是，事实确实如此。

后来，桑尼耳做了无数次试验，再也没能跳上机翼。

在日常生活中，一个绝境就是一次挑战、一次机遇，如果你不是被吓倒，而是奋力一搏，也许你会因此而创造超越自我的奇迹。把绊脚石变成垫脚石。

一个走夜路的人碰到一块石头上，他重重地跌倒了。他爬起来，揉着疼痛的膝盖继续向前走。他走进了一个死胡同。前面是墙，左面是墙，右面也是墙。前面的墙刚好比他高一头，他费了很大力气也攀不上去。

忽然，他灵机一动，想起了刚才绊倒个人的那块石头，为什么不把它搬过来垫在脚底下呢？想到就做，他折了回去，费了很大力气，才把那块石头搬了过来，放在墙下。踩着那块石头，他轻松地爬到了墙上，轻轻一跳，他就越过了那堵墙。

2. 逆境中的希望

随着气候的变化，每年动物和鸟类一样要迁徙。

在北极圈不远生活着一种群居的驯鹿，每年它们要在生活区内南北穿越几百里，以此选择它们生存的栖息地。当北极圈一带的冬天到来，冰雪封山时，它们就要穿越生活区南边一条近百米宽的冰河，忍着时刻被冻死或饿死的危险越过河去。河水不结出厚厚的冰它们是过不去的，它们要在寒风中等待着河上结出厚冰。

在这期间，驯鹿们相互依偎在枯草或山岩的缝隙中藏身。也总有一些驯鹿被冻死在河的北岸。只有那部分幸存者们踩着冰河，在河的南岸上找到它们的越冬栖息地。当春天再来，河北岸上它们原来的生活区里又泛出绿色时，它们又得重回故里。并不完全因为它们思念这山或草，而是因为另一种更残酷的命运在等待它们。

春天一到，驯鹿们暂时寄居越冬的稀疏草地上，各种猛兽都纷纷从更远的南方北迁，重回到它们原来的生活区。所以驯鹿们又不得不穿越冰河，重返个人的家园。这是一种近乎残酷的回归。

这条冰河成了驯鹿们生命旅途中唯一逃命的跳板。冲不过冰河，它们就会被那些南回的猛兽们吃掉，那片草地仅仅是驯鹿们临时的寄居地。但是，刚解冻的冰河水流湍急，它们只有踩着漂浮在水流上的一个个大冰块，顺着水流漂回家园。有的在河岸上挨不住冷被冻死，有的从冰块上滑进水中被淹死，场景极为悲惨。

3. 逆境中的信心

海伦·凯勒这位全世界都知道的盲人成功者，她的成功靠的是什么呢？海伦的回答是："自信的活力可以改变一切！"海伦刚出生时，是个正常的婴孩，能看、能听，也会咿呀学语。不过，一场疾病使她变成既盲又聋又哑的残疾人——那时她才19个月大。

生理的剧变，令小海伦性情大变。她经常大哭大闹，甚至在地上打滚，乱摔东西。她的表现令父母伤心绝望，同时又束手无策。父母在绝望之余，只好将她送至波士顿的一所盲人学校，特别聘请一位教师照顾她。

所幸的是，小海伦在黑暗的悲剧中遇到了一位伟大的光明天使——安妮·沙莉文女士。沙莉文也是位有着不幸经历的女性。

莎莉文10岁时和弟弟一起被送进孤儿院，在孤儿院的悲惨环境中长大。由于缺少房间，幼小的姐弟俩只好住进放置尸体的太平间。在卫生条件极差又贫困的环境中，幼小的弟弟6个月后就夭折了。她也在14岁得了眼疾，几乎失明。后来，她被送到帕金斯盲人学校学习凸字和指语法，便做了海伦的家庭教师。

从此，沙莉文女士与小海伦的斗争就开始了。洗脸、梳头、用刀叉吃饭都必须一边和她格斗一边教她。固执己见的海伦以哭喊、怪叫等方式全力反抗着严格的教育。沙莉文女士究竟如何以一个月的时间就和生活在完全黑暗、绝对沉默世界里的海伦沟通的呢？

答案是这样的：自我成功与重塑命运的工具是相同的——信心与爱心。

在海伦·凯勒所著的《我的一生》一书中，有感人肺腑的深刻描写：一位年轻的复明者，没有多少"教学经验"，将无比的爱心与惊人的信心，注入一位既聋又哑又盲的小女孩身上——先通过潜意识的沟通，靠着身体的接触，为她们的心灵搭起一座桥。接着，自信与自爱在小海伦的心里产生，把她从痛苦的孤独地狱中解救出来，通过不懈努力，将潜意识那无限能量发挥出来，引导个人走向光明。两人手携手，心连心，

活力——春色满园关不住

用爱心和信心互相支撑着，经过一段不足为外人知道的挣扎，唤醒了海伦那沉睡的意识力量。一个既聋又哑且盲的少女，初次领悟到语言的喜悦时，那种令人感动的情景，实在难用笔述。海伦曾写道："在我初次领悟到语言存在的那天晚上，我躺在床上，兴奋不已，那是我第一次希望天亮——我想再没其他人，可以感觉到我当时的喜悦吧。"

身为残疾人的海伦，凭着触觉——指尖去代替眼和耳——学会了与外界沟通。她10岁时，名字就已传遍全美，成为残疾人士的模范——一位真正的由弱而强者。

1893年5月8日，是海伦最开心的一天，这也是电话发明者贝尔博士值得纪念的一日。贝尔博士这位成功人士，在这一日成立了非常有名的国际聋人教育基金会，而为会址奠基的正是13岁的小海伦。

若说小海伦没有自卑感，那是不确切的，也是不公平的。幸运的是她自小就在心底里树起了坚定的信心，完成了对自卑的超越。

小海伦成名后，并未因此而自满，她继续孜孜不倦地接受教育。1900年，这个20岁通过语法、凸字及发声这些手段获得超过常人的知识的姑娘，进入了哈佛大学拉德克利夫学院学习。她说出的第一句话是："我已经不是哑巴了！"她发觉个人的努力没有白费，异常兴奋地，不断地重复说："我已经不是哑巴了。"4年后，她作为世界上第一个受到大学教育的盲聋哑人，以优异的成绩毕业。

海伦不仅学会了说话，还学会了用打字机著书和写稿。她虽然是位盲人，但读过的书却比视力正常的人还多。而且，她写了7本书，比"正常人"更会鉴赏音乐。

这个克服了常人"无法克服"的残疾的"造命人"，其事迹在全世界引起了震惊和赞赏。她大学毕业那年，人们在圣路易博览会上设立了"海伦·凯勒日"。她始终对生命充满信心，充满乐观，充满热忱。她喜欢游泳、划船以及在丛林中骑马。她喜欢下棋和用扑克牌算命；在下雨的日子，就以编织来消磨时间。

海伦·凯勒，凭着她那顽强的信念，终于战胜个人，体现了自身的强者价值。她虽然没有发大财，也没有成为政界伟人，然而，她所获得的成就比富人、政客还要大。

第二次世界大战后，她在欧洲、亚洲、非洲各地巡回演讲，唤起了社会大众对身体残疾者的注意，被《大英百科全书》称颂为有史以来残疾人士最有成就的由弱而强者。美国作家马克·吐温评价说："19 世纪中，最值得一提的人物是拿破仑和海伦·凯勒。"

4. 从头再来的勇气

英国史学家卡莱尔费尽心血，经过多年的努力，总算完成法国大革命史的全部文稿，他将这本巨著的原件送给他的友人米尔阅读，请米尔批评指教。

谁知隔了没几天，米尔脸色苍白浑身发抖地跑来，他向卡莱尔报告了一个悲惨的消息。原来法国大革命史的原稿，除了少数几张散页外，已经全被他家里的女佣当作废纸，丢入火炉化为灰烬了。

失望陡然间充塞于卡莱尔心间，因为这是他呕心沥血撰写的法国大革命史。当初他每写完一章，随手就把原来的笔记撕成碎片，所以没有留下任何记录。

但第二天，卡莱尔重振精神，又买了一大沓稿纸。后来他说："这一切就像我把笔记簿交给小学教师批改时，教师对我说'不行！青少年，你一定要写得更好些！'"

而我们现在所读到的法国大革命史，正是卡莱尔重新写过的。

5. 曹雪芹 10 年写出《红楼梦》

曹雪芹的《红楼梦》写于清代乾隆年间。距今已有 200 多年。相传《红楼梦》问世不久，曾轰动了当时的社会，并以手抄本的形式流传了 30 年，被人视为珍宝。"当时好事者每传抄一部，置庙市中，昂其价，得金数十，可谓不胫而走者矣"！所以，早在"五四"前，梁启超先生曾高度评价说：这是一部"只立千古"的鸿篇巨制。

曹雪芹（约 1724 或 1715—1764）名霑，字梦阮、芹圃，号雪芹、芹溪居士。生于南京，祖籍河北灵寿。他的曾祖曹玺的夫人孙氏，是康熙皇帝的乳母。康熙即位后，派曹玺到江南去做织造官，历经祖父曹寅和父辈曹颙、曹頫，他们相继做了65年的江宁织造，负责掌管宫廷所需要的各种织物的织造、采购、供应等，也是皇帝的耳目。康熙南巡，有5次都以江宁织造署为行宫。曹家的兴盛，是完全和康熙一朝相为始终的。由于得到康熙的“天恩”，曹家才成为当时“家资巨万”的“豪富”。

曹雪芹的祖父曹寅是当时的名士，做过康熙的“侍读”，对经史有相当的研究。善诗词戏曲，也是有名的收藏家。他热心于书籍刊刻，非常有名的《全唐诗》就是由他主持刊印的。所以，曹雪芹自幼就受到很好的文化熏陶。

大概16岁前，曹雪芹经历过一段“锦衣纨绔”的“公子哥儿”的生活。然而，好景不长。康熙末年，四皇子雍正夺得皇位。他一上台，就残酷镇压打击他的众多政敌。

1727年（雍正五年），雍正以“屡忤圣意”为借口，将曹家革职抄家。不久，又遭另一次更大的祸变。从此，曹家失去了贵戚的保护，家道衰败，一蹶不振。曹雪芹“举家食粥酒常赊”，过着流浪的生活。传说，他曾投宿一些富有的亲戚家，但都遭到了冷遇，甚至住过王府的马圈。

曹雪芹目睹曹家的兴隆衰替，察觉到了封建社会的罪恶，开始对整个社会发生了怀疑和憎恨，加之他饱经沧桑的经历，使他决心要做封建社会的叛逆者，用笔来抒发他满腔的不平与愤慨，从而构成了他创作《红楼梦》的初衷。

曹雪芹性格豪放，胸襟开阔：“善谈吐，风雅游戏，触景生春，闻其奇谈，娓娓然令人终日不倦”。他聪慧过人，多才多艺。金石、字画、诗词、风筝、编织、医学、烹调、工艺、印染、雕竹，样样都爱好。他的友人说他画的石头是：“傲骨君此句奇，嶙峋更见此支离。醉余奋扫如椽笔。写出心中块垒时”。他的“傲骨”体现在《红楼梦》的字里行间。

曹雪芹的后期生活，是在北京西郊的一个荒山中度过的。在那里，他只能靠卖画和友人的接济勉强糊口。传说，他写作《红楼梦》无钱买纸，就把旧年的皇历折开，把书叶子反过来折上，订成本子，字就写在皇历的背面。"作书时，家徒四壁，一几一机一秃笔，外无他物"。一次，他的友人敦敏来访，恰逢雪芹外出，那正是时冬天阴日暮，野水寒云，诗人未归，门庭萧寂。敦敏不禁感慨系之，因而写下"野浦冻云深，柴扉晚烟薄；山村不见人，夕阳寒欲落"。

但是，就在这荒寒凄寂的世界里，他继续着创作《红楼梦》的伟大事业。

后来，曹雪芹因贫病无医，加上爱子患天花而夭折，伤感成疾，只活了 40 余岁，就在贫病交迫中搁笔长逝：他死后家里十分萧条，只抛下妻子和留下的几束残稿，连理葬的费用都没有，还是他生前的几位好友给他草草埋葬了。

曹雪芹一生呕心沥血，"披阅十载，增删五次"，写出了震撼人间的恢宏巨著，流芳千古。他的未完稿题名《石头记》。由于他在书中描写的人情世态，也是他人世沧桑的自我写照，并对封建社会大胆地提出了疑问和抗议，因而触怒了当时的皇家和权贵，致使《石头记》只流传下来前 80 回，其余的都散失了。

乾隆末年，程伟元把《石头记》前 80 回与后来高鹗续写的后 40 回合在一起，改名为《红楼梦》。

全书百余万字，前 80 回，曹雪芹塑造了贾宝玉、林黛玉、薛宝钗、王熙凤、晴雯、袭人、史湘云、尤二姐、尤三姐、贾母、刘姥姥等一系列艺术形象，其中着重写了贾、史、王、薛四大封建家族由盛而衰的过程。高鹗续写的后 40 回，继续写了贾、史、王、薛四大封建家族的衰败，完成了贾宝玉与林黛玉的恋爱悲剧。《红楼梦》具有强烈的反封建的思想意识，闪现出民主主义的思想光华，被人们誉为了解封建社会历史的"百科全书"。鲁迅先生说，"在我国的小说中实在是不可多得的"。

活力——春色满园关不住

《红楼梦》是文学宝库中的瑰宝。它不但受到我国读者的珍视，而且还受到外国读者的喜爱，迄今已被译成英、俄、法、德、意、越、匈等国文字，译本达 50 种之多。研究《红楼梦》，已成为一门新学科"红学"，中外从事"红学"研究的人日益增多。曹雪芹不仅是我国的伟大作家，也是一位伟大的世界文化名人。

曹雪芹的《红楼梦》，与罗贯中的《三国演义》、施耐庵的《水浒传》、吴承恩的《西游记》，并列为我国四大古典小说，对后世小说的创作和发展，产生了巨大而深远的影响。曹雪芹的名字也被用来为宇宙一颗行星命名，永远闪烁着灿烂的光辉。

魔力悄悄话

逆境给人宝贵的磨练机会。只有经得起环境考验的人，才能算是真正的强者。自古以来的伟人，大多是抱着不屈不挠的精神，从逆境中挣扎奋斗过来的。不要只因一次失败，就放弃你原来决心想达到的目的。

独立自强能力

1. 人生当自强

　　清朝康熙年间，贵州巡抚刘荫枢告老回乡后，打算用一生的积蓄为家乡建一座桥。然而子女却反对他："您当了一辈子高官，我们却没沾到一点光，好容易盼到您回家，您却如此不顾我们。"刘荫枢很伤心，他觉得自己虽然一身清白，但忽视了对子女的教育。于是，他用尽积蓄，历时五年，修成大桥，取名"毓秀桥"。桥修好后，他对子女说："我之所以用全部积蓄修桥，就想用事实告诉你们，自己的路自己走，自己的生活自己创，靠天、靠地、不如靠自己。"为了彻底消除青少年们依赖父母的心理，他以15两白银的价钱把桥卖给了官府。

　　刘荫枢的所作所为深深地打动了他的子女。他的孩子日后都成了国家的栋梁之材。

2. 走自己的路

　　2003年3月，一位旅游者在意大利的一座山上，发现一块墓碑，碑文记述了一位名叫托比的人是怎样被老虎吃掉的。据说这块墓碑是柏拉图和他的学生为他树立的，大意是这样：托比从雅典来意大利讲学，途经此山，发现了一只老虎，进城后跟别人说，但没有人相信他。因为在这座山上从来就没有人见过老虎，不仅这座山没有，而且周围的山上也没有。

　　可托比坚持说见到了老虎，并且说是一只威武雄壮的老虎。不过无论他怎么说就是没有人相信他的话。最后，他说，我带你们去看，如果见到了真老虎，该相信了吧。于是柏拉图的几个学生跟他上了山。不过漫山遍野找了个遍，就是不见老虎的影子，甚至，连根老虎的毛也没有看见。但托比仍对天发誓说他确确实实在那棵大树下见到了老虎，跟他去的几个学生都说，你当时一定是看花了眼。你最好还是不要说确实看到了老虎，否则人们会说我们城邦里来了个最会撒谎的人。

我怎么会是个撒谎的人呢？我的的确确是见到了一只老虎，怎么就没有人相信我呢？在接下来的日子，他为了证明自己没有说谎，逢人就说他没有撒谎，是诚实的，确实是见到了老虎。不过说到最后，人们不仅见到他就躲，并且在背后还议论他：看！这就是从雅典来的疯子。本来是来意大利讲学，是想成为有学问和道德修养的人，现在，却被人们认为是一个疯子和撒谎者。

他怎么也想不通，他发誓一定要让人们相信自己是诚实的。为了证明自己确实见到了老虎，在他来到意大利的第十天，他买回了一杆猎枪就开始上山了。他要找到那只老虎，并且要把那只老虎打死带回来。让全城的人都看一看，他没有撒谎。但是，他这一去就再没有回来，3天后，人们在山中发现一堆撕碎的衣服和一只脚。经城邦的法官验证，托比是被一只重量至少在250千克左右的老虎吃掉的。托比并没有撒谎，他确确实实在这座山上见到了一只老虎。

在事实和真理面前，真正的智者都是走自己的路，任别人去评说。

3. 浮士德精神

在广阔祥和的天庭，上帝召见群臣，仙官侍立左右。三仙长出位，以宇宙的浩瀚，变化的无穷景象，颂扬上帝造化万物的丰功伟绩。

恶魔靡菲斯陀也从人间赶来报到，和往常一样狗嘴不吐象牙，说什么地上已是一片苦海，而且永远不会变；人类庸俗无聊、充满邪恶的欲望，只能终身受苦，像低等的虫鱼一样，任何追求都不可能有什么成就。

上帝问起凡间哲人浮士德的情况。靡菲斯陀说他正处在绝望之中。因为他欲望无穷，他想上天揽明月，又想下地享尽人世福，到头来，什么也不能使他满足。上帝坚信浮士德这样的人类的代表，在追求中难免有失误，但在理性和智慧的引导下，最终会找到有为的道路。靡菲斯陀不同意上帝的看法，他自信能将浮士德引向邪路，让他堕落，并为这事他提出同上帝打赌。上帝一口答应了并将浮士德交给他。"得令——"靡菲斯陀兴冲冲地从天宫下到凡尘，一心想把浮士德引向堕落。

在一个中世纪的书斋里，室内阴暗、潮湿，年过 50 的浮士德坐卧不宁，烦闷已极。他想到大半辈子自己埋头在古纸堆中，与世隔绝，到头来却一事无成，既不能救世济民，又不见半点聪明。他渴望投身宇宙，承担起世上的一切苦乐。然而，他几次努力都没成功，失望已极之时，他想到了死。他激动地倒出一杯毒酒，将它举到唇边，准备作最后一次痛饮……

突然，教堂传来复活节的钟声。这钟声猛地唤起浮士德对童年生活的记忆，对人生的向往，因而断了自杀的念头，决心开始新的生活。

春天来了，快乐的人群涌向郊外。浮士德也混杂在人群中，人们尽情领略着春天的美景。浮士德特别兴冲冲地，郊野的一切都使他无限欢欣。农民们向浮士德敬酒，酬谢他在瘟疫中搭救他们；浮士德面对群众对自己的热忱褒奖，十分惭愧。他反省自己，何曾医好过病人？炼的那种金丹只不过是骗人的。

夕阳西下，人群退去，浮士德恨自己没有腾飞的翅膀，飞去把太阳追赶。他感觉有两种意念在内心中搏斗：一个要执拗地守着尘世，沉溺在迷离的爱欲之中；另一个要猛烈地离开凡尘，向一个崇高的境界飞驰。

靡菲斯陀发现浮士德正在动摇之中，立刻变为一个书生，走来与浮士德相识。他告诉浮士德：他是"否定的精神"，"恶"就是他的本质；他要与自然的权威抗衡，要毁灭一切，包括人类。浮士德向他诉说尘世生活束缚的痛苦，他宁愿死也不愿过这种安贫守分，无所作为的生活。然而，死也要死得痛快，或者战死沙场，血染荣冠，或者醉酒狂舞之后倒进姑娘的怀抱。

靡菲斯陀乘机劝他去从事祥和的事业，从孤僻的生活走向广阔活泼的天地。并提出给他签订这样的契约：靡菲斯陀今生愿做浮士德的仆人，为他解愁除闷，寻欢作乐，获得一切需要；但当浮士德表示满足的一瞬间奴役便解除，浮士德就属恶魔所有，来生便做恶魔的仆人。

浮士德根本不相信"来生"，便毫不犹豫地同意了这场赌博，立下了契约。

于是，靡菲斯陀便把黑色的外套变成一朵浮云，载着浮士德和自己，开始了四海的云游。首先，他们来到莱比锡的一家地下酒店，靡菲斯陀要让浮士德看看这充满"快乐"的世俗生活。酒店里，一群大学生正在饮酒作乐，玩些无聊的把戏，唱些无聊的歌曲。靡菲斯陀是胡闹的专家，他加入了大学生的阵营，给大家唱了一首滑稽的跳蚤歌。唱完，众人拍手叫好。接着，靡菲斯陀又耍了一个花招，在桌子边上钻出洞来，每个洞里都流出了各自想喝的美酒，乐得这群大学生狂笑不已。年过半百的浮士德对这些低级荒唐的把戏和享乐并不感兴趣，急着要离开。

靡菲斯陀就带着浮士德来到魔女之厨，意欲用爱情生活来引诱他。恶魔先让他对着一个很大的魔镜，镜子里立刻现出一个美女，引得浮士德向往、发狂。不一会儿，靡菲斯陀又催着浮士德喝下魔女的药汤。浮士德顿时青春年少，浑身爱情激荡。

青春焕发的浮士德在街上溜达。少女玛格莱由教堂回家，从他身边走过。她美丽的容貌立刻吸引了他的注意。他抢步上前，提出要挽着手儿送她回家。他的要求遭到拒绝，端庄的玛格莱撒手而去。

浮士德神魂颠倒，急切地要靡菲斯陀去把玛格莱捉来。如不从命，就和魔鬼一刀两断。靡菲斯陀心中大喜，连忙一口应承。这样，在靡菲斯陀的帮助下，浮士德很快获得了纯洁的平民少女玛格莱的爱情。为了能在家中享受爱情的祥和，玛格莱接受了浮士德的计谋：用安眠药使母亲沉睡；谁知用得过多，母亲竟一睡不醒，离开了人世。玛格莱无意中杀死了母亲，悲痛欲绝。

她只有以悲痛和忏悔的心情祈求圣母把她从死亡和耻辱中拯救出来。不过，丑闻已经传遍市镇，原先的"花中女王"如今处处被人鄙视。

玛格莱的哥哥——军人华仑亭，一天晚上回家，正好碰上浮士德再次前来与玛格莱幽会，华仑亭一腔怒火正无处发泄，立刻向浮士德挑战。浮士德在靡菲斯陀的唆使和帮助下，拔剑杀了华仑亭。

哥哥又遭噩运，玛格莱再次被恐怖压迫着，终于昏倒在地。这时，浮士德却逃出法网，无忧无虑，与靡菲斯陀一道赶赴下流淫荡的瓦普几司的晚会去了。晚会结束后，靡菲斯陀告诉浮士德，玛格莱已身陷囹圄。

这消息唤醒了浮士德怜悯的心，他狂怒地斥骂靡菲斯陀背信弃义，连狗都不如，接着坚决要求去救玛格莱，即使冒着生命的危险也要去。

他们飞马连夜赶到监狱，玛格莱已经神经错乱，把浮士德来看她当作是刽子手来提她到刑场。浮士德看到这般情景，内心悲痛万分，急切地催玛格莱出狱。但她不愿意走，她深知自己药死母亲，又害死了哥哥，是有罪的。天快亮了，死亡就要来临。任凭浮士德怎样劝逼，玛格莱都不出狱。靡菲斯陀冲来，不顾一切把悲痛欲绝的浮士德拖走了……

在阿尔卑斯山麓，侧卧在百花烂漫的草地上的浮士德，疲惫不堪，昏昏欲睡，无数精灵围绕着他唱歌跳舞，给他身上撒着迷魂川的水。浮士德一觉醒来，浑身轻松舒畅，没有一点罪恶感，他感到个人又有了一种坚毅的决心，要向新的生活高峰飞跃。

靡菲斯陀把他引入一个金銮宝殿，皇帝正想举行化装舞会，寻欢作乐。但国库空虚，财政发生严重困难。愤怒的群众正抗拒官兵横征暴敛。浮士德积极为国王献计献策，建议发行纸币，使王朝暂时渡过了财政危机。这时，皇帝又异想天开去见古希腊美人海伦和美男子帕里斯。浮士德借靡菲斯陀的魔法，招来了这对美男女。

海伦出现了，男人们个个神魂颠倒，浮士德更是销魂忘形。海伦俯下身去吻帕里斯，引起浮士德极大的醋意，便冲上前将魔术的钥匙触到帕里斯身上，引起一场爆炸，海伦化为烟雾消散，浮士德的学生瓦格纳正在进行"人造人"的实验，几百种元素在蒸馏、升腾、逐渐增长，一个小人儿终于创成功。小人儿发现浮士德迷恋着海伦，自愿带他到古希腊去找海伦。

在那里，浮士德感动了地狱女主人，她放海伦重返阳间。海伦和浮士德一见钟情，结成夫妻。他们很快生了一个儿子欧福良。小欧福良酷爱高跃和飞翔，瞬间从空中坠地身亡。海伦悲痛万分，抱吻浮士德后消逝了。她留下一件白色衣裳，幻化为一朵云彩，托着浮士德腾空飞去。

浮士德降落在山顶上，俯视着无际的大海，一个庞大的计划又涌上心头：移山填海，造福人类。这时，国内发生内战，他下山帮助了国王，得到一片赐封的海滩，便立刻动手在这里建造一个平等自由的乐园。但有一对老夫妇不肯搬迁，靡菲斯陀便派人捣毁了他们的家园，放火烧了他们的小屋、教堂和丛林，两个老人被吓死。这事引起了浮士德的忧愁。

这时，忧愁妖女乘机对他吹了一口阴气，使他双目失明。恶魔招来死灵，为浮士德挖掘墓穴，浮士德听到锄头的声音，以为这是响应他的号召前来移山填海的民众，顿时，他觉得大海变良田、人民安居乐业的新生活就要到来了。他满怀喜悦，情不自禁地喊出："你真美呀，请停留一下！"魔鬼契约立即生效，浮士德倒地死去。

浮士德终于满足了。魔鬼生怕他的灵魂逃走，口中念起咒语来。但这时天上的光明圣母却派来一群天使，魔鬼被天使们的美貌迷住，忘记守护的职责。天使们趁机抢走浮士德的灵魂，飞上天去。高空中，她们高唱着"凡是自强不息者，到头我辈均能救"，飞回天堂。天堂顿时欢声四起，众天使为战胜魔鬼、获得浮士德的灵魂而高奏凯歌。

4. 卧薪尝胆终复国

2400多年前，越王勾践"卧薪尝胆"，复国灭吴的故事，盛传不衰，至今仍然催人奋进，促人图强。

春秋末期，吴国地处今江苏南部，越国则位于今浙江北部，两国紧密相连。但两国之间常常发生冲突和战争。

公元前497年，越王允常去世。吴王阖闾乘机大举进攻越国。这时候，越国国王允常之子勾践刚刚即位，闻讯立刻出兵抵抗？两军在吴越边界相遇时，勾践施计使罪人出阵，排成3行，把剑放在脖子上：这些罪人一个个挥剑自刎于阵前，吸引了吴国士兵的注意力，勾践乘机命越军袭击吴军，把吴军打得大败。越将还砍破了阖闾脚的大拇指头。阖闾狼狈逃窜，终因伤势过重而身亡。

吴王阖闾死后，他的儿子夫差即位。阖闾临终时对夫差说："不要忘记报越国之仇。"后来，夫差叫手下大将伍子胥和伯嚭操练兵马，准备了两年，由吴王夫差亲自率领大军去攻打越国。越王大臣对勾践说："吴国练兵快3年了，来势凶猛。我们不要跟他们硬拼。"勾践不同意，硬要命令大队人马去跟吴军拼个死活。两国军队又在太湖一带交战，结果越军大败。

这时候，勾践只好派大将到吴国去求和，并且打听到吴国的伯嚭贪财好色，便将一批珍宝和美女西施，私下送给伯嚭，请伯嚭在夫差面前说些好话。吴王夫差不顾伍子胥的反对，答应了越国求和要求，只是坚持要勾践亲自到吴国去。

勾践到了吴国，夫差让他们夫妇俩住在阖闾的大坟旁边的一间石屋里，叫勾践给他喂马。勾践被迫在吴宫当了 3 年奴仆，处处装出忠顺认罪的样子。夫差误认为勾践真心归顺他了，不听伍子胥的劝告，放他回国。

公元前491 年，勾践回到越国，他自然咽不下吴王夫差侮辱他的这口气，立志发愤图强，报仇雪耻。他睡觉时，不睡在床上，而睡在稻柴草薪上面；在吃饭的房间里，悬挂一只苦胆，每次吃饭之前总要先尝尝苦胆的滋味，不断自嘱："千万不要忘记耻辱！"以此来磨炼自己的意志，激励自己不忘国耻。他礼贤下士，纳谏施政，休养生息，与民同甘共苦，富国强兵。公元前473 年，终于灭亡吴国，夫差拔剑自杀。越王勾践成为春秋时期的最后一个霸主。

这就是"卧薪尝胆"爱国雪耻故事的由来。

5. 胯下之辱

公元前 2 世纪的时候，秦始皇统一中国。秦朝是中国历史上第一个统一的封建王朝，中国的万里长城就是在这个朝代初具规模的。但因为父子两代皇帝的暴政，秦朝的统治仅有 15 年。秦末，农民起义风起云涌，出现了许多英雄人物，韩信就是其中一位有名的军事统帅。

韩信是汉朝开国时的一位著名的军事统帅，他出身贫贱，从小就失去了双亲。建立军功之前的韩信，既不会经商，又不愿种地，家里也没有什么财产，过着穷困而备受歧视的生活，常常是吃了上顿没下顿。

他与当地的一个小官有些交情，于是常到这位小官家中去吃免费饭，可是时间一长，小官的妻子对他很反感，便有意提前吃饭的时间，等韩信来到时已经没饭吃了，于是韩信很恼火，就与这位小官绝交了。

活力——春色满园关不住

没有谋生手段，为了生活，韩信只好闲着没事到当地的淮水钓鱼，有位洗衣服的老太太见他没饭吃，便把自己带的饭菜分给他吃，这样一连几十天，韩信很受感动，便对老太太说："总有一天我一定会好好报答你的。"老太太听了很生气，说："你是男子汉大丈夫，不能自己养活自己，我看你可怜才给你饭吃，谁还希望你报答我。"韩信听了很惭愧，立志要做出一番事业来。

在淮阴城，有些年轻人看不起韩信。有一天，一个少年看到韩信身材高大却常佩带宝剑，很不服气，便在闹市里拦住韩信，说："你要是有胆量，就拔剑刺我；如果是懦夫，就从我的裤裆下钻过去。"围观的人都知道这是故意找碴羞辱韩信，不知道韩信会怎么办？只见韩信想了好一会儿，一言不发，就从那人的裤裆下钻过去了。当时在场的人都哄然大笑，认为韩信是胆小怕死、没有勇气的人。

这就是后来流传下来的"胯下之辱"的故事。

其实韩信是一个很有谋略的人。他看到当时社会正处于改朝换代之际，于是专心研究兵法，练习武艺，相信会有自己的出头之日。公元前209年，全国各地反对秦朝统治的农民起义爆发了，韩信加入其中一支实力较强的军队。军队的首领就是后来成为下个朝代开国皇帝的刘邦。

最初，韩信只是做了一个管押运粮草的小官，很不得志。后来他认识了刘邦的谋士萧何，两人经常讨论时事和军事，萧何认识到韩信是一位很有才能的人，于是极力向刘邦推荐，但刘邦仍不肯重用韩信。

一天，心灰意冷的韩信悄悄离开刘邦的军队，投奔别的起义军。萧何得到他离开的消息后，也没向刘邦汇报，赶忙骑马去追韩信。刘邦得到消息，以为是二人逃跑了。过了两天，萧何和韩信回来了，刘邦又惊又喜，责问萧何是怎么回事。萧何说："我是为您追人去了。"刘邦大惑不解："过去逃跑的将领有几十个，你都不去追，为什么单单去追韩信呢。"萧何说："以前逃跑的将领都是平庸之辈，容易得到，至于韩信是难得的奇才。如果您想争夺天下，除了韩信您就再也找不到同您计议大事的人了。"刘邦说：那就让他在你手下做个将领吧"。萧何说："让他做一般的将领，他未必肯留下来。"刘邦说："那就让他做一个军事统帅吧。"从此，韩信由一名运粮官变成了一位将军。在后来帮助刘邦打天下的过程中，他每战必胜，立下了赫赫功勋。

6. 自强之路

我的父母都是普通的职工。我成了他们的希望，而我也立志要考上大学。

6 岁那年，爸爸在加夜班的时候铁屑崩到了眼睛里，左眼失明了。我11 岁那年，爸爸因肾积血手术摘掉了左肾，再也无法进行体力劳动。我读初一时妈妈下岗了，一家的生活只剩下爸爸每月 200 元的工伤补助费维持。那段日子似乎空气都变得压抑。我毅然作出了一个决定：打工，我要自己供自己上学。

我从同学那借来 50 元钱，去批发市场进了一些小工艺品，准备像校门口的小贩那样。但是那天中午，我竟然没有勇气从包里把货物拿出来。不过货如果卖不出去，我连借的 50 元钱都无法偿还。第二天中午我去了一所比较远的学校门口。好久，一个小同学走过来，问我："这是卖的吗？"我急忙点头。那天我赚了一毛钱，我深深地体会到了赚钱的艰辛。

一个月以后，我赚到了 80 元钱。我用 23 元买了一本向往已久的《题典》。走出书店，我突然感觉天空是那么蓝。回到家爸爸诧异地问我钱是哪来的，我这才告诉了他。他什么也没说，但我看到他的嘴角在不停地颤抖。一个多星期后的中午，大家正在吃饭，爸爸突然问我："你是从哪里进的货呀？"我很奇怪，可他看也不看我一眼，只是伸出筷子夹菜去了。不久，爸爸和我一样，开始到一所小学校门口摆地摊卖货了……我十分感激父亲。

一次，我蹲在夜市的一角吆喝着。一个八九岁的男孩被我的工艺品吸引，但他的母亲说什么也不给买，拉着他走出五六米远的时候，我突然听见她在呵斥："看到了没有，你要是不好好学习，将来也只能摆地摊。"

每年最轻松的是寒暑假，有一年寒假，我从早市批发了一丝袋黏豆包，在下午下班高峰时，我到不远的马路旁叫卖。不到两小时，豆包全部卖光，我赚了36元钱，是我赚得最多的一天，我高兴极了。第二天，我又批发了一丝袋，也都卖光了。第三天再去那熟悉的地方卖，却少有人买。我想了想才明白，原来人们吃豆包是一种尝鲜、怀旧的心理。于是我不断地换地点，爸爸也来帮忙。二十几天，我们走遍了附近不远的马路，赚了600多元。

就这样，依靠自食其力我完成了学业，并且我以高考作文满分、总分600分的成绩被哈尔滨工程大学录取。

7. 自强避免堕落

我叫小玉（化名），一个处在花季的女孩，现在应该生活在充满阳光充满色彩的世界里。然而，我却因诈骗被关押在看守所里。

从我记事的那一天起，爸妈就视我为掌上明珠，从不舍得打我一下骂我一句：我感觉我的童年是金色的。但是，正是这种"衣来伸手，饭来张口"的生活让我变得好吃懒做。家里的活都由姐姐来做，我连想也不想。我最大的乐趣就是吃好吃的，穿漂亮的。

爸妈也曾梦想我能考上大学，但我觉得学习很苦，每天都得写呀、算呀、背呀的，弄不好还让教师批，所以始终提不起学习的兴趣，成绩当然不理想。为了避免家长、教师的，考试的时候我总是打小抄。因此，我经常被教师抓住，家长也多次被请到学校：爸妈见我不是学习的料，也就由着我的性子。姐姐有时劝我几句，我连听也不听，时间一长，她也不管了。没有了学习的压力，没有了别人的督促我感到自由极了，我可以随心所欲地看电视，从"动画城"一直看到"午夜剧场"：

可随着年龄的增长，我已不满足成天闷在家里。外面的世界很精彩，我要亲自到外面去看一看。于是，一些花钱大手大脚的同学成为我的友人。周六、周日我们总在街上闲逛。起初，父母也从不干涉，直至我与社会无业青年混在一块他们才着了急。他们要求我和那些人断绝关系，不过自小任性的我根本不听。我结交的友人他们不喜欢，我就和他们吵。后来我一气之下离开了家，学也不上了，跟友人在社会上混，认识下三烂的人也越来越多，走的道路也越来越邪……

有一次我从外面受了委屈，忽然想到好几个月没回家了。我拿起了电话，是妈妈接的。妈妈听见我的声音哭了，她说："傻孩子，你在哪呢？你回来吧，只要你回来，不管犯了什么错都可以原谅。你记住：只有狠心的儿女，没有狠心的爹娘。"听着妈妈的话，我才明白自己是那么狠心，那么没心没肺……我回家了，那天爸爸特意做了许多我最爱吃的东西。我很高兴，感觉好久没那么开心过了。我在家里待了一段日子，阳光般的暖意又爬上我的家庭。

好景不长，无所事事的日子让我感到无聊。书懒得读，家务活也不让我干，我想找个班上，父母说年龄小过两年再说。我总不能成天吃了睡，睡了吃了啊。不久，我又开始给那些友人打电话了。他们答应带我出去玩，我很高兴。不过爸爸妈妈不答应。我又一次和父母吵了起来，狠心地离开了家。我们每天吃饭店，洗桑拿，玩市里最好的迪吧，夜里还要去吃烧烤。说实话，我知道父母很疼我。

然而，我不再是吵着要糖吃要花戴的小姑娘了。我舍不得我的友人，我愿意和他们一起说话，喜欢看他们听我讲新鲜事的表情，从他们那里我感受到了个人存在的价值。有时我也不知为什么，他们越反对，我越和那些友人交往密切。就这样，家成了旅店，与父母的感情越来越淡。直至我走进看守所里，我才有一种噩梦初醒的感觉。

魔力悄悄话

只要有生命的愿望和对自身力量的自信，那么整个一生将会一座壮丽的时钟，一座洋溢着精神力量，并以其崇高的业绩使人震惊的、伟大的时钟。人生重要的事情就是确定一个伟大的目标，并决心实现它。

第六章
完善健康人格的活力

　　人格是心理特征的整合统一体，是一个相对稳定的组织结构，是在不同的时空背景下影响人的外显和内隐行为模式的心理特性，对未来行为有一定的预测性。人格既包含某些表现于外，给人印象的特点，也有某些蕴藏于内，外部未露的东西。中国古代的一句老话"蕴蓄于中，形诸于外"，可以作为人格的最好概括。

人格的概述

一、人格的概念

　　人格是指一个人整个的精神面貌，即具有一定倾向性的、稳定的心理特征的总和。人格是各种心理特性的总和，也是各种心理特性的一个相对稳定的组织结构，在不同的时间和地点，它都影响着一个人的思想、情感和行为。

　　人格是心理特征的整合统一体，是一个相对稳定的组织结构，是在不同的时空背景下影响人的外显和内隐行为模式的心理特性，对未来行为有一定的预测性。人格既包含某些表现于外，给人印象的特点，也有某些蕴藏于内，外部未露的东西。

　　中国古代的一句老话"蕴蓄于中，形之于外"，可以作为人格的最好概括。

　　我们在社会生活中都扮演着一定的社会角色，这种处于公众场合的自我代表了人格的一个方面。尽管在社会生活中我们都是以各种角色的身份出现，但每一个人都有着自己独特的内心世界。而恰恰是这种独特的内在自我决定了一个人的主要精神风貌，决定了他与别人的区别。

二、人格的特点

1. 稳定性与可变性

人格不是指一时的心理现象，而是人在较长时间的社会实践中，在适应或改变客观世界的过程中经常表现出来的心理特征。正是人格的这种稳定性特点，才能把个人与另一个人从心理面貌上区别开来。人格具有稳定性特点，并不排斥人格的可变性。人的现实生活是十分复杂多变的。因此，作为人的生活历程形成的个性特征，也必然随着现实的多样性和多变性而发生或多或少的变化。

2. 独特性与共同性

人的个性千差万别，正如俗语所说"人心不同各如其面"。人格表现是极端个别化的。这种独特性除了受生理活动、神经系统活动的影响外，也和所接触的外界刺激的个别性有关。人的独特性并不排斥人与人之间心理上的共同性，诸如某一个群体、某一个阶级或某一民族具有共同的典型的人格特征。这种心理上的共性是在一定的群体环境、社会环境、自然环境中逐渐形成的，并具有稳定性和一致性。它制约着个人独特性的特点。

3. 人格的整体性

虽然人格是由许多心理特征组成的，这些成分或特性是错综复杂地交互联系，交互制约而组成的整体。人格具有多层次性、多维度性、多侧面性，并有低级与高级、主要与次要、主导与从属之分，是一个复杂的系统。这种整体性首先表现为人格的内在的统一，使人的内心世界、动机和行为之间保持和谐一致；其次，个别的心理特征也只有在人格的整体中，在于其他人格特征的联系中才有确定的意义，即人格作为一个整体去影响人适应环境，改造环境。

4. 生物制约性与社会制约性

人格既具有生物属性，也有社会属性。人的生物属性是人格形成的基础，影响着人格的发展和形成。但人格并不只是遗传的，人格的形成与发展也离不开人类社会实践活动。一个人的人格必然会反映出他生活在其中的社会文化的特点，以及他受到的教育的影响。所以可以说人格是生物制约性与社会制约性的统一。

三、人格的形成

人格形成受很多因素的影响，包括父母的言传身教、同伴的影响、社会风气、民族习俗、遗传基因、外貌体格等。其中先天的遗传因素和后天的环境、教育因素是最重要的因素。

1. 人格形成与发展的阶段

遗传因素不是最终决定人格的因素，人格的形成和发展一般都要经历几个阶段。我国现代心理学家基本上把人格形成和发展划分为三个阶段，即萌芽期、重建期和成熟期，每个时期都有不同的特点。

第一阶段为萌芽期。这个阶段是从人一出生到进入青春期之前。这时期的特点是：生理上动作逐步协调，自控能力得到提高，心理上形成了初步的性格及情绪反应方式。在观念上因灌输等而产生了朦胧、机械的道德观、价值观等，缺乏个体的主动性。

第二阶段为重建期。重建期是指从青春期开始到老年期结束。这个时期的特点是：生理发生显著变化，身体的急剧发育和性成熟，青年在关心自己的身体和探索自己的内心世界的同时，也开始关心他人对自己的评价，在心理方面、气质、性格、情感、态度等都开始向稳定、独立意识等方面转变，确立了自己的世界观与人生观。人格在此阶段得到调整、修正和完善。

第三阶段为成熟期。这个阶段是从成年期到老年期，自我意识比较成熟，在社会中的位置和适应性得到强化，人格特质逐步稳定，心理上若遇到强烈刺激也会趋于平稳，观念上会把青年后期积淀下来的东西消化。开始专注于各自的事业，发挥才干，为社会谋利并进一步实现人生价值。

2. 人格形成的影响因素

（1）生物遗传因素人格的形成依赖于一定的自然基础，即遗传素质。遗传素质是指人们先天获得的解剖和生理的特性。高级神经活动的类型是人格形成的重要前提条件。通常在智力、气质等这些与生物因素相关较大的人格特质上，遗传因素的作用较重要。

（2）后天环境的因素，对人格的形成影响比较大的后天环境因素主要有家庭环境因素、学校环境因素及社会文化因素。

1）家庭环境因素。家庭是人格形成的启蒙地。家庭的经济、政治地位，父母的受教育水平、教育观点和方法，家庭成员间的关系，家庭的气氛，子女在家庭中的角色、家庭成员的行为方式等都从各方面影响人格的形成。家长对子女的教育具有天然的权威性和深厚的影响力，而且最有针对性。不同的家庭教育方式，将会产生不同的效果。

研究表明，不同的教养方式对孩子的人格特征具有不同的影响。权威性教养方式的父母在子女的教育中表现得过于支配，孩子的一切都由父母来控制。在这种环境下成长的孩子容易形成消极、被动、依赖、服从、懦弱、做事缺乏主动性，甚至会形成不诚实的人格特征。放纵型教养方式的父母对孩子过于溺爱，让孩子随心所欲，父母对孩子的教育有时出现真空的状态。在这种环境中成长的孩子多表现为任性、幼稚、自私、野蛮、无礼、独立性差、唯我自尊、蛮横胡闹等。民主型教养方式的父母与孩子在家庭中处于一种平等和谐的氛围当中，父母尊重孩子，给孩子一定的自主权和积极正确的指导。父母的这种教育方式能使孩子形成一些积极的人格品质，如活泼、快乐、直爽、自立、彬彬有礼、善于交往、富含合作、思想活跃等。由此可见不同的家庭环境确实能塑造不同的人格特征。

除了父母的教养方式会对孩子的人格形成影响外，父母本身所拥有的人格也会对孩子人格的形成产生影响。父母是孩子的第一任老师。一个人从出生到走上社会，其间约 2/3 的时间是在家庭中度过的，父母的心理状态，言谈举止，教养态度，为人处世，心理素质，品质素质和文化素质等，直接影响子女所经历的事件的认知与适应，直接影响他们人格的形成。马克思说："孩子的发展能力取决于父母的发展，我们的举动必须非常温和而慎重。"人从幼儿时期开始学习各种知识，除了儿童时期有意和无意的模仿外，绝大多数是靠父母有意识地言传身教。父母可以通过给孩子解释各种问题，运用各种事物的现象形态来启迪孩子的心灵，塑造孩子的人格。

2）学校教育因素。学校是人格社会化的主要场所，教育对学生人格发展起关键性作用。教师对学生人格发展具有导向作用，而同伴群体对人格发展具有效仿的作用。

在学校环境中，人际关系是最为重要的一个方面，其中师生关系具有特殊的意义。可以说，一所学校中师生关系的状况，是构成这个学校环境的主要因素。从塑造学生人格的需求出发，学校需要建立以尊重学生为基础的民主、平等的师生关系。在这样的师生关系中，学生能够获得充分的安全感和对教师的信赖感，从而毫无顾忌地表达自己的思想感情，自然地表露自己的困惑疑问，并随时得到教师的理解、支持和帮助。

在学校同学之间的人际交往，也是影响人格发展的重要因素。如果一个学生能与群体中其他同学进行广泛的交往和联系，特别是与兴趣相同的伙伴经常在一起，进行思想情感的交流与沟通，就能从中得到启发、疏导和帮助，这不仅使人增进理解，心胸开阔，而且更可以使人感受到充足的社会安全感、信任感，从而大大地增强生活、学习和工作的信心和力量，最大限度地减少心理危机感。

3）社会文化因素。每个人都处在特定的社会文化中，文化对人格的影响是极为重要的。社会文化塑造了社会成员的人格特征，使其成员的人格结构朝着相似的方向发展，这种相似性具有维系社会稳定的功能，又使得每个人能稳固地"嵌入"在整个文化形态里。社会文化对人格具有塑造功能，还表现在不同文化的民族有其固有的民族性格。

另外，个人独特的经历、自然和物理因素（生态环境、气候条件、空间拥挤程度）等也会对人格的形成和发展有一定的影响。

魔力悄悄话

人格不是指一时的心理现象，而是人在较长时间的社会实践中，在适应或改变客观世界的过程中经常表现出来的心理特征。人格既包含某些表现于外，给人印象的特点，也有某些蕴藏于内，外部未露的东西。"蕴蓄于中，形之于外"，可以作为人格的最好概括。

塑造健全人格

一、健全人格特点及意义

1. 健全人格的特点

健全人格是指各种良好人格特征在个体身上的集中体现。健全人格的基本特点可以概括为以下几个方面：

（1）和谐的人际关系。人格健全者的心胸往往比较开阔，善解人意，尊重自己也尊重别人。对不同的人际交往对象都表现出合适的态度，既不狂妄自大，也不妄自菲薄。其观点、行为和情绪反应与周围人协调一致。在人际交往中具有吸引力。

（2）宁静的心境。人格健全者有积极健康的人生态度和正确的价值观。需求合理，言行一致。自信并善于运用这信心，能自我控制，调节好内心世界与外部世界的关系，保持内心世界和谐一致。这是人格内在统一性的表现。

有效地运用个人的能力。人格健全者对未来的成就充满希望。这种成就动机和能力相结合，就引发出巨大的创造力。这种创造发现给生活带来欢乐，激发兴趣，维持动机，从而形成良性循环。

2. 健全人格的意义

（1）健全人格有助于提高生活质量。有的人生活很安定也很富有，但总感到并不幸福和满足，反而觉得生活百无聊赖。在电影、电视、小说中我们经常可以看到这类人的影子。这是一种心理不健全的反映。因为心理健全者与财富拥有者并不是同义词。如果一个人在获得成功时无人祝贺，无人与其分享这份快乐；在遇到挫折时没有人安慰，没有倾诉对象，那么纵有万贯家产，也体会不到生活的快乐。还有的人总是不能原谅别人的过错，对一些小事耿耿于怀，心存怨恨；或者由于对自己的认识不足而没有充分地发挥潜能，整日怨天尤人。这种心态，都会使生活褪色。健全人格能帮助人们充分体验生活的乐趣，挖掘人的潜能，充实人的精神世界。面对挫折不轻言失败，碰到突发事件能沉着冷静，善于自控。努力营造一个有利于心理健康的环境，提高生活质量。

（2）健全人格有利于社会秩序的稳定。人不仅是自然人，更是社会人。社会人的道德品质和行为方式对社会秩序会产生巨大影响。人格健全的人会尽可能地使自己，应该和需要做的事与其所处的特定的社会文化背景相一致，从而产生积极的满足感。精神病患者、人格障碍患者都是影响社会秩序稳定的隐患。如果说前者由于其病症明显，较容易被人发现而加以防备，那么后者会因为其症状不明显，较具隐蔽性而对社会稳定造成更大危害。如反社会型人格的犯罪倾向，抑郁症患者的自杀企图等都会对社会和家庭的稳定构成威胁。

二、健全人格的几种模式

自20世纪50年代后期以来，由于重视人的潜能研究，为心理学领域带来了一次变革，对健康人格、健康心理方面的研究，越来越多地给予关注。一些心理学家根据他们的临床经验，运用心理测验、会晤等方法，对被认为具有高健康水平者进行研究，提出了许多健全人格的模式。

1. "成熟者"模型

美国人格心理学家奥尔波特，在哈佛大学长期研究高心理健康水平的人，把他们称为"成熟者"，并从他们身上归纳出 7 个特点。

（1）有自我扩展能力。

（2）与他人热情交往，关系融洽。

（3）情绪上有安全感，自我接纳。

（4）具有现实性知觉。

（5）客观地看待自己。

（6）有多种技能，并专注于事业。

（7）行为的一致性是其人生哲学。

2."自我实现者"模型

美国心理学家马斯洛对"自我实现者"进行了深入研究。发现这些人都满足了自己的自我实现的需要，所有的能力都得到了运用，所有的潜能都得以实现。马斯洛从"自我实现"者身上归纳出 14 个特点。

（1）能充分地、准确地认识现实。

（2）对自己、对他人、对整个自然能够做到最大限度的认同和接纳。

（3）有自然、朴实和纯真的美德。

（4）经常关注社会上各种疑难问题。

（5）喜欢独处，有超俗的品质。

（6）独立自主，不受文化和环境的约束。

（7）高品位的鉴赏力。

（8）常有高峰体验。

（9）能建立持久的友谊。

（10）民主的价值观。

（11）较强的伦理关系。

（12）不带有敌意的富有哲理的幽默感。

（13）有创造性。

（14）不消极地适应现存的社会文化类型。

3."功能充分发挥者"模型

美国人本主义心理学家罗杰斯认为，"功能充分发挥者"在许多方面像是一个婴儿，这是一个纯洁的自我，真正的善。认为幸福不意味一个人所有生物需要都得到满足，如财产和地位。幸福的真谛在于积极参与实现的倾向，在于持续的奋斗，而不是它的结果。罗杰斯把"功能充分"概括为以下6种特征。

（1）能接受一切经验。他们不拒绝或歪曲某些经验，一切社会经验都能正确地符号化地进入他们的意识领域。

（2）自我与经验的和谐一致。他们在评判事物时，以自己的内在评价机制来评价经验，不断同化新经验。

（3）个性因素都发挥作用。他们的行为既受理性因素的引导，也受无意识和情绪因素的制约。

（4）有自由感。他们相信自己能掌握自己的命运，生活充实并充满希望。

（5）具有高创造性。

（6）乐意给他人以无条件的关怀，能与其他人高度协调。

4. "创发者"模型

美国心理学家弗洛姆认为，每个人都有充分利用自己潜能成长和发展的固有倾向。他强调社会变革是产生大量健康者或"创发者"的唯一途径，"创发者"可以使用自己的所有力量、潜能和能力。弗洛姆按照爱他人的能力、思维能力、幸福和良心四个方面考虑"创发者"的特点：

（1）创发性爱情。创发性的爱情是一种自由、平等的关系，在这种关系中，相爱的双方都能保持他们的个性。创发性的爱会使人意识到与被爱者有密切关系，意识到关怀被爱者。

（2）创发性思维。创发性思维则会使人真正意识到与思维对象的关系，意识到对思维对象的关心。

（3）有真正幸福的体验。这里的幸福不只是愉快的体验，而且是一种生机盎然，充满活力，身体健康和个人各种潜能得到实现的状态。

（4）以良心为其定向系统。"创发者"有一种特殊的良心，弗洛姆称之为"人本主义"良心。支配心理健康的人本主义良心，引导人们以一定的行为方式，实现个性的充分发展和表现，并使人获得幸福感。心理健康者也是自我定向者，是自律的。

以上这些模式是心理学家研究了高水平心理健康的人所得出的结论。生活中很多人都达不到这样的标准。但这些模式至少可以给我们一些启示，使我们在发展健全人格的过程中有一个参考。

三、当代青年健全人格的塑造

人格的力量是伟大的。未来学家预测，21 世纪将属于人格健全者，这个世纪充满着机遇与挑战，如果我们想在人生的各阶段都处于不败之地，就必须优化自己的人格品质。健全的人格可以从以下几个方面加以养成：

1. 道德品质

道德是一种社会现象，是某一个阶段或集团所要遵循的准则。道德品质是道德现象在个人身上的反映，它在性格结构中属于高层次部分。品德的形成，是一个由具体、特殊的行为情景向抽象、概括的道德观念发展的过程。

人是社会的人，人之所以能成就事业，生活得有意义，是因为他适应社会，能与社会协调发展。为了迎接 21 世纪社会、经济发展所带来的挑战，青少年要重视个人的道德修养，使自己的道德行为在不同的情境中具有一致性。高尚的品质既是做人之本，又是成就事业的前提。凡能成就事业者，他的身上都具备了热爱祖国、勤奋、刻苦、协同共事、献身事业等优秀的品质。

2. 自尊心

自尊是个人要求社会、集体和他人尊重自己、尊重自己的社会地位和荣誉的心理倾向。

自尊心是性格结构中的可贵品质。苏联教育家苏霍姆林斯基认为：

"人类有许多高尚品格，但有一种高尚的品格是人性的顶峰，这就是个人的自尊心。"有自尊的人渴望表现自己，进取心强，关心自我形象，对平等有强烈要求；热爱真理，尊重客观现实；既不孤芳自赏，也不随波逐流，对他人能接纳和信任。正因为如此，自尊心能使人采取积极的生活态度，成为推动人们不断进取的巨大动力。

缺乏自尊心会使人产生自卑心理，自轻自贱，妄自菲薄，甚至自暴自弃。缺乏自尊心的人与他人交往，常常发生困难，有孤独感；荣誉、成就、地位等社会要求水平降低，丧失向上的勇气和决心，变得意志消沉，遇到挫折有可能就此沉沦。

3. 自信心

自信心指人们相信凭借自己的能力，能够克服各种困难，并会有所成就。

一个人在学习、工作和生活中不可能一帆风顺。有的人遇到挫折和失败就情绪低落，怨天尤人，灰心丧气，甚至惊慌失措，彻底崩溃；有的人则视胜败为"兵家常事"，从中吸取教训，在失败中找到成功的因素，继续努力。

著名的古代文学家韩愈在第一次应试《不迁怒不贰过论》时，觉得这篇文章自己写得很满意，不料应试失败。第二年又面对同一主考和去年同样的考题，韩愈又把去年考试的文章重新端出，结果被取为第一名。如果不是韩愈有信心，谁敢将落榜文章再去应试同一主考呢？

培养自信心的关键是要肯定自身的存在价值，学会客观地分析自己，既要看到自己的长处，也要了解短处。自信心强的人能够充分利用自己的长处，有效地避免短处。他们永远朝气蓬勃，乐观向上，信心百倍，遇到困难也表现出巨大的勇气和力量，在自信心的推动下，能够充分挖掘自己的潜力，顺利地把工作开展下去。

4. 责任心

在社会生活中，个人的行为总是对社会和他人产生直接或间接的影响，因而人的行为必须对他人或社会负责，必须按一定的社会规范去行动。如果人与人之间互不负责，互不尽义务，社会就不称其为社会了。责任心一旦树立，成为个性心理的组成部分，就具有稳定性，它使人能自觉、主动、积极地尽职尽责。当一个人圆满地尽到自己的责任时，会产生满意的、愉快的情感，如果没有尽到自己的责任，会深感不安和内疚。可以说有了责任心，个人的价值才能得到充分、合理的体现。

5. 竞争心

竞争是推动个体不断前进的精神力量。它的作用在于激励人们努力奋斗，求得个人的发展和整个社会的进步。竞争中的失败并不意味着断送了前程，关键在于总结经验教训，以利再战。竞争有利于提高工作效率和学习成绩，增强智力和操作能力，在竞争的过程中也能培养良好的人格品质。

意志薄弱的人往往过分地看重竞争中的一时胜负，事实上，胜败乃是常事，人的能力有大有小，重要的是正确地评价自己，只要勇于参与竞争，我们就会发现自身的实力与价值。

6. 友谊感

友谊是人类崇高而优美的品质之一。友谊使人开朗、热情和坦诚，使个性向健康的方向发展。而缺乏友谊的人在情绪上往往有很大的困扰，轻则会产生孤独、恐惧、焦虑，重则会产生多疑、嫉妒、敌对、攻击的心态和行为。

广交朋友，珍爱友谊，一方面可以帮助人建立广泛的社会关系，使其价值关系多样化、复杂化，从而有利于发展丰富多彩的情感世界，并使其情感在复杂多样的价值关系及其变动中不断得到锻炼。

另一方面可以从不同侧面培养和完善人的情感，这是由于不同阶层人的价值关系及其情感反应往往具有不同的特征，如低社会层次的人的价值关系往往比较简单，其情感通常表现为纯朴而粗俗。

高社会层次的人的价值关系往往比较复杂，其情感通常表现为高雅而虚伪。与不同阶层的人进行交往，将有利于在情感发展中取长补短。

第三方面，与朋友的交往本身就是一个精神沟通和心理安慰的过程，容易使人形成乐观开朗和自尊自信的性情，有利于缓解和克服压抑、退缩、冷漠、焦虑等负向情感。

7. 独立与自主性

独立性是个人在未被强制的情况下自觉自愿地行动的心理倾向。有独立性的人不但善于行动，还善于思考。独立与自主是相互联系的孪生姐妹。

自主性首先体现为清晰的自我意识。我们做的事情无论其意义大小，只要它的确经过我们的思考，是我们主动而愿意去做的，则接近主动性。其次，主动性体现为一种目的感和使命感。具有自主性的人善于培养生活的目的感，不断赋予生活新的意义。自主性绝不能通过模仿别人而得到，必须充分挖掘自己的潜能，突出自己的个性，深刻认识自己，才能具备自主性。

8. 自制力

自制是指一个人自觉地调节和控制自己的行动的品质。一个人在事业上的成功需要有坚强的自制力。自制力强的人，能够理智地对待周围发生的事件，有意识地控制自己的思想感情，约束自己的行为，成为驾驭现实的主人。

现在的中学生出生在改革开放之后，大多数生活条件都比较优越，很少经历过艰苦的日子，他们不知道创业的艰辛。一些学生花钱大手大脚，甚至追求时髦、比阔气，任意挥霍父母的钱财。据了解，有的学生每月花费六、七百元，有的甚至更多。因此，作为教育工作者就更应重视培养学生的奋斗精神，比如让每个学生回去了解父母亲辛酸的创业史，了解他们的艰辛的奋斗史，学会珍惜父母的劳动成果。激发学生对父母的责任感，从而培养他们对社会的一种责任感。据说，目前一些大学生最崇拜的偶像是比尔·盖茨、李嘉诚等，其实，中国如果有越来越多的人向比尔·盖茨等学习，学习他的奋斗精神，那整个民族就有了希望。英国首相布莱尔曾多次发表讲话，煽动整个英国要奋斗，超过他的维多利亚时代，激发英国国民奋斗。的确，一个民族只有奋斗，才有希望。我们培养的是未来世纪的接班人，育人是我们的宗旨，只有让学生先成人，然后才能成才。有了奋斗精神，生活上就能够艰苦朴素；有了奋斗精神，学习上就能够奋发进取。另外，还要注意培养学生的合作精神。进取精神、奋斗精神、合作精神是一种健康的、积极向上的良好品质，也是一个健全人格的标志。

魔力悄悄话

健康的人生需要不断地完善与优化，需要改进我们的生活风格，改进我们的个性，改进我们的适应方式。如果没有完满的个性做基础，选择与决策的质量就不可能得到根本的提高，因为做决定与人的价值观、世界观、人生观息息相关。请你从现在开始认真思考，如何成为一个自尊、自信、自主、独立、有责任心、自制力强的现代人。

常见人格缺陷的特征及矫正

人格缺陷是一种心理上的变异现象，是指根深蒂固和持续不变的情绪反应和行为模式，不属于精神疾病，也不属于智力缺损，但他们的行为表现却不能为社会大多数人所接受。人格缺陷其表现往往在儿童期就开始显露，由于其人格的异常和变态，而严重妨碍人际关系甚至给社会带来危害，也给本人造成精神痛苦。每个人的人格都存在着某种不完美的要素，克服和改造这种不完美的过程就是自我完善的过程。

一、偏执型人格缺陷的特征及矫正

1. 偏执型人格的主要特征

这种人的主要特征是对自己的能力估计过高，好胜心强，有强烈的自尊心，对批评或挫折过分敏感，并长期耿耿于怀。自我评价过高，看问题主观片面，工作和学习上往往言过其实，失败时常迁怒于人而原谅自己，如果他们的看法、观点受到质疑，往往表现出与人争论、诡辩，甚至冲动攻击言行。他们心胸狭隘，生性嫉妒，往往认为自己成了别人阴谋的牺牲品。多疑，易将别人无意或友好的行为误解为敌意或轻蔑而产生歪曲体验。此类人格缺陷者性格固执，坚持己见，敏感多疑，在人际交往中对他人常常持不信任和猜疑态度，过度警觉，心理活动常处于紧张状态。

矫治偏执性格缺陷一般采用"教育和训练"的心理治疗方法。教育和训练的目的是克服多疑、敏感、固执、有不安全感和以自我为中心的人格缺陷。

2. 矫正方法

（1）认知提高法。有偏执型人格缺陷的这类人对别人不信任，敏感多疑，降低了他们对任何善意忠告的接受能力。施教者或心理医生应在相互信任和情感交流的基础上，比较全面地向他们介绍性格缺陷的性质、特点、表现、危险性和纠正方法。具备自我认识和自觉自愿要求改变自己的人格缺陷，是认知提高训练成功的指标，也是心理训练的最起码条件。

（2）交友训练法。积极主动地进行交友活动，有助于改变"社会隔阂型"性格。交友和处理人际关系的原则和要领有如下几个方面：

1）真诚相见，以心交友。必须采用诚心诚意，肝胆相照的态度，主动积极地交友。要坚信世界上大多数人是好的和比较好的，是可以信赖的。不应该对朋友，尤其是对知心朋友存在偏见、猜疑。

（2）交往中尽量主动地给予知心好友各种帮助。主动地在精神上和物质上帮助他人，有助于以心换心，获得对方的信任，巩固友谊关系。尤其当友人有困难时，更应该鼎力相助，患难中见真心，这样做最能获得朋友的信赖和加强友好情谊。

3）注意交友的"心理相容原理"。性格、脾气的相似或互补，有助于心理相容，搞好朋友关系。如果两个人都是火暴脾气，都是胆汁质的气质，不容易建立稳固、长期的友谊关系。但是最基本的心理相容的条件，是思想意识和人生观的相近和一致。这是长期友谊合作的心理基础。

（3）自省法。自省法是通过写日记，每日临睡前回忆当天所作所为的情境，进行自我反省检查，有助于纠正偏执心理，是一种很有效的改变自己心理行为的训练方法，对于塑造健全优秀的人格品质和自我教育，效果明显。古今中外，大凡事业上有成就，具有良好思想修养的人，都有自省的习惯。曾子说："吾日三省吾身。"有偏执性格缺陷的人，为了纠正偏执心理，必须采用书面或非书面的形式反省，进行心理训练，检查自己每天的思想行为，是否对人和事抱有怀疑、敏感态度，办事待人是否固执、以自我为中心；检查还存在哪些由于自己的偏执心理而冒犯别人，做错的事情，思考以后遇到类似情况，应该如何正确处理。

（4）敌意纠正训练法。偏执性格缺陷者容易对他人和周围环境充满敌意和不信任。采取以下心理训练和教育方法，有助于克服敌意对抗心理。

经常提醒自己不要陷入"敌对心理"的漩涡。事先自我提醒和警告，办事待人时注意纠正，这样会明显减轻敌意心理和强烈的情绪反应。

不断地增加对他人、对朋友需求的了解，同时努力降低对别人言谈举止的敏感性。应该想到没有人愿意在自己安宁的时候去破坏他人的安宁，人与人之间的关系通常情况下都是友善平和的。

要懂得"只有尊重别人，才能得到别人的尊重"的基本道理。要学会对那些帮助过你的人说感谢的话。

要学会向你认识的所有人微笑。可能开始时你很不习惯，做得不自然。但是必须这样做，而且努力去做好。

要在生活中学会忍让和耐心。生活在矛盾复杂的大千世界中，发生冲突纠纷和摩擦误解是很难避免的，不要让怒火烧得自己晕头转向。

二、分裂型人格缺陷的特征及矫正

1. 分裂型人格的主要特征

分裂型性格缺陷者主要特征是过分胆小、羞怯退缩、回避社交、离群独处、我行我素而自得其乐，沉醉于内心的幻想而缺乏行动；行为表现古怪、离奇，不修边幅，爱好怪癖，喜欢自言自语；情感淡漠，对人缺乏热情，兴趣贫乏，对外界事物缺乏激情，对批评和表扬常持无动于衷的淡漠态度。这种类型的人极少有攻击行为，一般不会给他人制造麻烦，但由于他们很少顾及别人的需要，总是独来独往，沉浸在自己的

"白日梦"中，难以完成合作性强的工作。这类性格缺陷的最大危害是容易进一步发展为精神分裂症，严重的或者突然发展的分裂型性格缺陷，可能是早期精神分裂型的重要信号。

2. 矫正方法

矫治目标是纠正性格上孤独离群、情感淡薄和与周围环境的分离。

（1）社交训练法：旨在纠正性格孤独不合群的缺陷。一般按照以下步骤进行：提高认知能力，懂得孤僻不合群、严重内向性格的危害性，自觉投入心理训练。制定社交训练评分表，自我评分，每天小结，每周总结，8～12周为一周期。训练内容和目标：训练内容从简到繁，从易到难。以一个人为接触对象，每次要求主动与他交谈5分钟，交谈的内容和方式不限。逐渐做到主动、自然和比较融洽地随便交谈。进而逐步增加接触交谈的时间；对象由1人增加到5人。训练成功后，改变训练内容，主动改变孤居离群的生活方式，积极参加集体活动，投入到热火朝天的现实生活中。

一般要求分裂型性格缺陷者通过训练后具有3～5位知心朋友。所谓知心朋友的最低标准是：经常接触交谈，做到互帮互学；相互之间知无不言，真诚相见；困难时相互支持，不存在心理隔阂。

（2）兴趣培养法：兴趣是人积极探究某种事物和机遇优先注意的认识倾向，同时具有向往的良好情感。因此，兴趣培养训练有助于克服这类心理缺陷者的兴趣索然，情感淡薄的不健全心理状态。具体方法为：

1）提高认知。要求本人有意识地分析自己的心力不足，确定积极探求人生的理想目标，并有为之奋斗的自信心、决心和生活情趣。应该懂得这样一个道理：人生是一次情趣无穷的愉快旅程，每一个人都应该像一位情趣盎然的旅行家，每时每刻在奇趣欢乐的道路上旅行。分裂型性格缺陷者必须培养多方面的兴趣爱好，如唱歌、听音乐、绘画、练书法、打球、下棋等。多种兴趣爱好可以培育出向往美好生活的良好情感，丰富人们的生活色彩。

2）投身实践，积极工作。实践活动在本质上是一种价值创造活动，人在实践活动中能够真实地感受复杂多样的价值关系的变化，并形成现实的情感体验，成功的实践活动使人产生正向的情感体验，失败的实践活动使人产生负向的情感体验，参加的实践活动越多越复杂越激烈，人所产生的情感体验就越多越复杂越激烈，就越有利于丰富人的情感世界，增强人的承受情感挫折的能力，培养人的情感灵活性，提高人的情感层次性，增进人的情感效能性。

人如果总是逃避或消极地对待实践活动，其情感就难以得到培养和锻炼，就会是脆弱的，不稳定的，低层次的和低效能的，经不起风吹雨打。在温室里长大的孩子，往往经受不起生活的磨难，工作上和生活上一旦遭受巨大的打击，就可能产生生理上的疾病，情感上的缺陷和精神上的障碍。

（3）情感训练法：如同身体锻炼和智力培养一样，人的情感也需要培养与训练才能不断发展和完善。情感的培养与训练是人的素质培养的重要方面，其意义绝不亚于智力培养，它包括信仰的树立，品德的修炼，性格的陶冶，精神的充实等具体内容，实际上就是对情感的品质特性，如强度性、稳定性、灵活性、细腻性、偏好性、层次性、效能性等进行塑造、调整和改变。由于情感的本质就是人对价值关系的主观反映，因此情感的培养，实际上就是人对于价值关系的认识能力与反应能力的培养。行为关系是一种特殊的价值关系，意志是人对行为关系的主观反映，意志可以看作是一种特殊的情感，因此情感的培养与训练还包括对意志的自觉性、能动性、自制性、坚韧性、独立性、果断性和倾向性进行培养与训练。

三、强迫型人格缺陷的特征及矫正

1. 强迫型人格的主要特征

这类人格的共同性格特征是拘谨，犹豫不决，想问题办事情要求十全十美，过分追求完美标准，按部就班，非常仔细认真，循规蹈矩，讲信用，遵守时间，但是缺乏灵活性。他们过分自我克制，过度自我关心和具有强烈的责任感，生怕办错事给自己和别人带来损失和不利。因此平时小心翼翼，自我怀疑，精神高度紧张，难以松弛。这类人群显然在工作上高度负责，一丝不苟，但是效率不高，缺乏创造性和主动性。因此，导致社会适应性不强，人际交流困难。

临床研究发现，不少强迫型人格缺陷者的父母亲，是强迫型性格者或者对自己子女教养方式过分严格、刻板，追求很高的道德和行为规范标准。家庭因素是导致强迫型性格缺陷的重要原因。强迫型人格缺陷者很容易发展为强迫型神经症。矫治的目的主要是纠正性格固执的刻板性，追求十全十美的秩序性，过度自我注意的拘谨性。

强迫型人格缺陷的表现形式多种多样，其中过分追求十全十美是一种重要的人格缺陷表现形式，必须力戒和纠正。美国著名精神病学家杰维·伯恩斯曾说过："过分追求十全十美，是取得成功的拦路虎，是自拆台脚的坏习惯。"他曾对 150 名推销员做过详细的心理测定和个案分析，发现 40% 的人有过度追求完美无缺的人格缺陷，结果事业成功的机会很少。因为过分追求完美的人比一般人容易经受更多的心理压力和忧虑，导致创造能力和心理承受能力的削弱，轻者陷入强迫型人格缺陷，严重者罹患强迫性神经症。追求十全十美的性格，使自己的能力、人际关系和自尊心等心理行为扭曲，导致不合逻辑的思考问题方法，陷入"非圣人，即罪人"的认识误区。

2. 矫正方法

顺其自然，纠正过度自我注意的拘谨，由于强迫型性格缺陷者过分压抑和控制自己，而减轻和放松精神压力的最有效方式是凡事顺其自然，该怎么办就怎么办，做了以后就不再去想它，也不要对做过的事进行过多的评价。比如桌上的东西没有收拾干净，遗漏了一些也无妨。开始时可能会由此带来焦虑的情绪反应，但由于患者的强迫行为还远没有达到强迫症那样无法自控的程度，所以经过一段时间的训练和自身的努力，症状是会消除的。

四、反社会型人格缺陷的特征及矫正

1. 反社会型人格的主要特征

这种人格缺陷又称"病态人格"。这种人不顾社会道德准则和一般公认的行为规范，经常发生反社会言行。他们冲动易怒，缺乏责任心和罪恶感，极端利己主义，我行我素，具有较强的责备他人的倾向，经常发生违纪违法的行为。他们对自己的错误行为常倾向于明知故犯且屡教不改，教育起来比较困难。

2. 矫正方法

（1）激怒自控法。这种方法适用于与人争吵，即将暴怒发作的时候，是一种快速对抗的心理控制技术。心理学研究发现，一个人暴怒发作从心理机制上分为三个阶段：

第一阶段：潜伏期。表现为对他人意见不满意，滋生不愉快情绪，一般尚未丧失理智，意志尚在起作用，有一定的自控能力。

第二阶段：爆发期。意见不统一，个人固执己见，争得面红耳赤，进而恶语伤人，动手殴斗。

第三阶段：结束期。争执相持不下或愤怒离开，拒不作答或旁人解围，最后不欢而散。

在第一个阶段就要采取有效的制怒方法，方可遏制暴怒爆发。例如：

1）迅速离开争吵现场：这样使自己转移注意力，避开引起怒气发作的刺激源。

2）善于分析他人的人格特征和心理状态：这样可以避锐趋和，要以缓对急，以柔克刚，绝不能以急躁对急躁。

3）让别人把话说完：让人充分发泄，自动消气熄火，这是避免争吵和激怒的有效方法。

（2）读书训练法。读书学习使人知书达理，明辨是非，开阔心胸，陶冶情操，故具有加强思想道德修养，矫治心理行为的功能。大量生活经验和临床观察资料表明，一般情况下，一个人的思想道德修养水平与其文化知识水平是相关的。读书学习使文化水平提高了，有助于明辨是非，增强心理行为的自控能力。这类心理缺陷者应该多读些哲学、逻辑、政治思想修养方面的书籍，并且经常对自己的言行，理论联系实际，加以改正。

（3）不良行为纠正训练法。在充分教育，启发自觉，明辨是非，提高认知能力的基础上，对不良行为作为靶症状，进行纠正训练。例如以打人、说谎或偷窃行为作为纠正目标，编制心理训练评分表，逐日自我评分。由医生、领导、朋友作为指导督促人，检查评分的真实性，每周、每月小结考核，用适合受训者心理需要的奖惩方法强化训练效果。

（4）提高心理认识训练法。心理发育不良常常使人心理需求水平低下，缺乏正确的人生动机，难以形成符合社会需要的人生观，心理认识水平低下，这是不良行为和犯罪的心理基础。可采取加强社会化学习、阅读名人传记、培养独立生活能力、外出参观访问扩大视野等方法，确立正确的人生观。

（5）自我情绪调节法。情绪无法自控，难以保持心理平衡，这是本类心理缺陷者的通病。因此学会自我情绪调节法，具有重要的心理意义。具体要领是：大喜时要抑制和收敛；激怒时要镇静和疏导；忧愁时要释放和自解；思虑过头时要转移和分散；悲哀时要娱乐和淡化；惊恐时要镇定和坚强。目的是使情绪的钟摆始终处于中位线附近，保持心理平衡的状态。

五、循环型人格缺陷的特征及矫正

1. 循环型人格的主要特征

生活中经常可以发现这种情绪兴奋高涨与忧郁低下的两极性波动的人，即人们常说的"情绪忽高忽低者"，其中有不少人属于本类型的人格缺陷。这类人的情绪高低变化，循环往复，周而复始，并非由于外界因素引起，故称为循环型人格缺陷。这种人情绪高涨时表现得兴奋活跃，乐观向上，雄心勃勃，体力充沛，外向热情，善于社交，似乎没有一个人不是他的朋友。当情绪低落时则表现得忧郁不愉快，对任何事物都缺乏兴趣，精力和体力不足，悲观、沮丧、寡言少语、懒得做事或做事时感到困难重重。他们往往自我评价过高，有自夸自大的倾向。思维和行为缺乏专一性和持久性，情感热情丰富但不深刻，如他们做事时有始无终，设想和计划很多，实现的却很少，缺乏深思熟虑。一般比较急躁，不随心就大动肝火，激动发怒。

矫治重点是克服性格中情感成分的兴奋高涨以及自负心理带来的不利影响，纠正看问题浮浅、思维行为不能持久、专一和深刻的弊病。

情绪兴奋是这类人群的主要特征，这类人常常表现出典型的多血质气质。因此，训练中必须扬长避短，注意针对性，掌握尺度和重点。

2. 矫正方法

（1）认知提高法。应充分了解人格缺陷的特点、危害和纠正方法，提高自我认知能力和主观能动性。由于这类人群情绪、性格缺乏持久专一和深刻性，因此训练过程中要始终遵循反复教育，不断强化，长期坚持，稳定提高的原则。否则，无法取得牢固的成效。

（2）读书训练法。读书学习，博览群书可以提高智力，开阔视野，同时亦是有效的心理训练方法。"读书足以怡情"。怡情就是陶冶人的性格，有助于改变人的心理行为，纠正人格缺陷。

（3）笔记训练法。必须养成认真和勤奋做笔记的学习习惯，克服自己动脑动口不动手，凡事想当然的作风。经常使用笔记帮助学习，有助于培养注意力集中，思维深刻化，兴趣专一持久，观察事物细致深入的能力。

六、癔症人格缺陷的特征及矫正

1. 癔症人格的主要特征

癔症人格是一种较典型的心理发育不成熟的人格类型，尤其表现情感过程的不成熟性。此种人格缺陷以青年女性为多见，并且常在 25 岁以下。有下列三种特征：

第一种特征：情感丰富，热情有余，而稳定不足，情绪炽热，但不深刻。因此，他们情感变化无常，容易激情失衡，待人的情感呈现肤浅、表面和不真实。经常感情用事，好的时候，把人家说得十全十美，可是为区区小事，就能翻脸不认人，骂得人家一无是处。

第二种特征：情感带有戏剧化特点。这类人常好表现自己，而且有较好的艺术表现才能，唱说哭笑，演技逼真，有一定的感染力。因此本型性格缺陷人群又称为"寻求别人注意型人格"。他们常常表现出过分做作和夸张的行为，甚至是装腔作势的行为表情，使人们注意，引以为乐。

第三种特征：容易受暗示。他们不仅有很强的自我暗示性，还容易接受他人的暗示。他们具有高度的幻想性，常把想象当成现实，人云亦云，尤其对自己所依赖的人，可以达到盲目服从的地步。这说明他们的心理发育不成熟和不健全，缺乏独立性，依赖性很强。

第四种特征：自我为中心。喜欢别人注意和夸奖，别人只有投其所好才合其心意，并表现出欣喜若狂，否则会不遗余力地攻击他人。因此，癔症人格者既不能反省自己，又不能正确地理解别人。内心的冷酷，表面上的热情，自己亦无法真正把握自己真伪曲直的本质。一般来说，本型人格缺陷人群比较聪明、灵活，颇为敏感。

此类型的人格训练目的是纠正心理不成熟、情感高度不稳定、自我为中心、高度暗示性、戏剧性、用幻想代替现实。

2. 矫正方法

（1）认知提高法。本类人群以女性多见，她们为人聪明、活泼，接受能力较强，但是心理发育不成熟，天真幼稚，幻想丰富，自我为中心。对自己心理缺陷有所察觉，但是认识肤浅，不会自行克服纠正。提高认知能力和自知力是重点的纠正措施。

（2）读书训练法。刻苦学习，勤于用脑，有助于纠正心理不成熟的缺陷。读书使人理智，有利于改变癔症性格缺陷者的情感高度不稳定和情感战胜理智的缺陷。

（3）自省法。情感丰富不稳定、热情而肤浅、心理不稳定、心理不成熟等心理缺陷，常使他们在人生道路上动荡不安，遇到心理矛盾和压力，常可诱发多种身心疾病，甚至导致癔症大发作。克服心理动荡不稳定，培育良好人格品质的较好方法是自省训练法。通常可采用写日记、记周记、自我反省、自我检查日常的心理行为的方法。重点是回顾检查自己的心理缺陷给个人和集体带来的危害，以及采取正确的纠正方法后所带来的益处。可以由其好友或其信得过的领导负责审阅批改。

七、依赖型人格缺陷的特征及矫正

1. 依赖型人格的主要特征

此类人格缺陷的人总感到自己懦弱无助，无能，笨拙，缺乏精力。将自己的需求依附于别人，过分顺从别人的意志，一切听别人决定，生怕被别人遗弃。当亲密关系终结时，则有被毁灭和无助的体验。不能独立生活，在生活上多需他人为其承担责任，从事何种职业都得由他人决定。为了获得别人的帮助，随时需要有人在场，独处时便感到极大的不适。这类病人都有一种将责任推给他人，让别人来对付逆境的倾向。一般来说，这类人没有深刻而复杂的思维活动，也无远大的理想抱负与追求，满足于得过且过的生活现状。

2. 矫正方法

依赖型人格的矫正主要用习惯纠正法，目的是消除依赖行为。依赖型人格的依赖行为已成为一种习惯，首先必须破除这种不良习惯。清查一下自己的行为中哪些是习惯性地依赖别人去做，哪些是自己作出决定的。每天做记录，记满一个星期，然后将这些事件分为自主意识强、中等、较差三个等级，每周一小结。

对自主意识强的事件，以后遇到同类情况应坚持自己做。对自主意识中等的事件，提出改进方法，并在以后的行动中逐步实施。对自主意识较差的事件，可以采取诡控制法技术，提高自主意识。诡控法是在别人要求的行为之下增加自我创造的色彩。为防止依赖行为反复出现，可以找一个监督者，最好是找自己最依赖的人监督训练。

魔力悄悄话

每个人的人格都存在着某种不完美的要素，克服和改造这种不完美的过程就是自我完善的过程。要懂得"只有尊重别人，才能得到别人的尊重"的基本道理。要学会对那些帮助过你的人说感谢的话。

第七章
机智乐观的活力

　　常有人说青年人是唯心主义，总抱着"心有多大，舞台就有多大。"的美好理想，缺乏从实际出发的考虑。而我要说正是有了这种对理想的执着追求信念，才塑造了当代的伟大中华民族。"五四"号角一声吹响，新民主主义革命终才来临。对国家使命感怀有最强的一代，永远总是青年的一代。他们不会瞻前顾后，永远只会向着美好的前方看去。"恰同学少年"不仅仅是风华正茂，更是意气风发。青少年就应该充满乐观向上的活力。

机智的活力

1. 巧妙应对不感兴趣的事

法国英雄拿破仑·波拿巴从意大利得胜归来时，他的赫赫战功震惊了巴黎上流社会。许多贵妇人纷纷写信给他，表达爱慕之情，有的甚至提出约会，以此来提高个人的身价，对此拿破仑置之不理。

然而，在一些舞会上，有些贵妇人却在众目睽睽之下缠着拿破仑不放，以便引起其他人的注意，这让拿破仑很尴尬。拒绝对方吧，说明个人没有绅士风度；不拒绝她吧，她往往得寸进尺。后来，拿破仑想出一个妙计，微笑地拒绝对方的要求，这样既可以让贵妇人不丢面子，又可以保全自己。

有一次，他碰到了一个非常习钻的贵妇人，着实让他费尽脑汁。这个贵妇人就是斯达尔夫人，她是当时有名的文学家，才思敏捷，在社交界声望很高。她曾多次给拿破仑写信，希望结识这位赫赫有名的战将，然而都没有回音。在一次舞会上，她与拿破仑相遇了。她拿着桂枝迎着拿破仑走来，拿破仑想躲已经来不及了。

斯达尔夫人想把桂枝献给拿破仑，以此来表达个人的倾慕之情，更希望拿破仑记住她。

"应该把这桂枝留给缪斯。"拿破仑微笑地说道。而斯达尔夫人却继续与他攀谈，根本不想离开。

"将军最喜欢的女人是谁呢？"

"是我妻子，夫人。"

"这太简单了，您器重的人又是谁呢？"

"是最会料理家务的女人，

"这我想到了，那么您认为谁是女中豪杰呢？"

"是生孩子最多的女人，夫人。"

拿破仑始终微笑地回答斯达尔夫人的提问，压根不说斯达尔夫人所期望的答案，即希望拿破仑回答的是她自己。拿破仑的这种做法既使她保住面子，又让她自觉没趣，她也微笑着离开了拿破仑。

2. 纪晓岚的机智

在古代，皇帝有生杀予夺的权利，中国古代君臣关系可是最为危险的领导和下属关系了。清代有名的才子纪晓岚，体态肥胖，特别怕热，一到夏天，就汗流浃背，连衣服都湿透了。因此，他和同僚们在朝廷值班时，常找个地方脱了衣服纳凉。

乾隆皇帝知道了，存心戏弄他们。这天，几个大臣正光着膀子聊天，乾隆突然从里边走出来，大伙儿急急忙忙找衣服往身上披。纪晓岚是近视眼，等看到皇上时，已经来不及披衣服了，只好趴在地上，不敢动弹，连大气都不敢出。

乾隆故意坐了2个小时不走，也不说一句话。纪晓岚心里发慌，加上天热，一个劲儿流汗。半天听不见动静，他悄悄地问："老头子走了没有？"

这一下乾隆发怒了，说："你如此无礼，说出这样轻薄的话，你给我解说清楚，有话讲则可以，没有话讲可就要杀头了。"

纪晓岚说："臣还没穿衣服，怎么回圣上的话呢？"

乾隆让太监给他穿上衣服，说："亏你知道跟我说话要穿衣服。别的不讲，我只问你'头子'是怎么回事？"趁穿衣服的时候，纪晓岚已经想好了词儿。他十分恭敬地对皇上说："皇上万寿无疆，这不是'老'吗？您老人家顶天立地，是百姓之'头'呀！帝王以天为父，以地为母，对于天地来讲就是'子'。连在一起，就是'老头子'3个字。皇上，臣说得有错吗？"

乾隆一听，哈哈大笑："不愧是铁嘴钢牙纪晓岚。恕你无罪，平身。"

3. 急中生智救人命

司马光7岁的时候就像一个大人一样非常懂事，他勤奋好学，机敏过人。有一次，他跟小伙伴们在后院里玩耍。院子里有一口大水缸，水缸里存了很多水。有个小孩爬到缸沿上玩，一不小心，掉到缸里。眼看那孩子快要没顶了。别的孩子们一见出了事，个个惊慌失措，吓得一边哭一边大声喊叫，跑到外面向大人求救。只有司马光没有慌张，他急中生智，从地上捡起一块大石头，使劲向水缸砸去，"砰！"的一声水缸被砸破了，缸里的水流了来，被淹在水里的小孩也得救了。

4. 莫为小事抓狂动气

美国研究应激反应的专家理查德·卡尔森说："我们的恼怒有80%是个人造成的。"这位加利福尼亚人在讨论会上教人们如何不生气，他把防止激动的方法归结为这样的话："请冷静下来！要承认生活是不公正的。任何人都不是完美的，任何事情都不会按计划进行。"

应激反应这个词从20世纪50年代起，才被医务人员用来说明身体和精神对极端刺激（噪音，时间压力和冲突）的防卫反应。

现在研究人员知道，应激反应是在头脑中产生的。在即使是非常轻微的恼怒情绪中，大脑也会命令分泌出更多的应激激素。这时呼吸道扩张，使大脑，心脏和肌肉系统吸入更多的氧气，血管扩大，心跳加快，血糖水平升高。

埃森医学心理学研究所所长曼弗雷德·舍德洛夫斯基说："短时间的应激反应是无害的，"他还说："使人受到压力是长时间的应激反应。"他的研究所的调查结果表明：61%的德国人感到工作不能胜任；有30%的人因为觉得不能处理好工作和家庭的关系而有压力；20%的人牢骚同上级关系紧张；16%的人说在路途中精神紧张。

理查德·卡尔森的一条黄金规则是："不要让小事情牵着鼻子走。"他说："要冷静，要理解别人。"他的建议是：表示感激之情，别人会感觉到高兴，你的自我感觉会更好。

5. 控制情绪的方法

在西藏有个传说，有一个叫作爱地巴的人，每次生气和人起争执的时候，就以很快的速度跑回家去，绕着个人的房子和土地跑3圈，然后坐在田地边喘气。爱地巴工作非常勤劳努力，他的房子越来越大，土地也越来越广，但不管房地有多大，只要与人争论生气，他还是会绕着房子和土地跑3圈。爱地巴为何每次生气都绕着房子和土地跑3圈？所有认识他的人，心里都有着疑惑，然而不管怎么问他，爱地巴都不愿意说明。直到有一天，爱地巴很老了，他的房地也已经很广大，他生气时，拄着拐杖艰难地绕着土地跟房子，等他好不容易走完3圈，太阳都下山了。爱地巴独自坐在田边喘气，他的孙子在身边恳求他："阿公，您已经年纪大了，这附近也没有人的土地比您更广的了。您不能再像从前，一生气就绕着土地跑啊！您可不可以告诉我这个秘密，为什么您一生气就要绕着土地跑上3圈？"

爱地巴禁不起孙子恳求，终于说出隐藏在心中多年的秘密。他说："年轻时，我一和人吵架、争论、生气，就绕着房地跑3圈，边跑边想，我的房子这么小、土地这么小，我哪有时间、哪有资格去跟人家生气，一想到这里，气就消了，于是就把所有的时间用来努力工作。"

孙子又问道："阿公，现在您年纪老了，又变成最富有的人，为什么还要绕着房地跑？"

爱地巴笑着说："我现在还是会生气，生气时绕着房地走3圈，边走边想，我的房子这么大、土地这么多，我又何必跟人计较？一想到这，气就消了。"

魔力悄悄话

机智是一种光彩夺目的东西，每个人都赞美它，大多数人都立志得到它，所有的人都怕它，但是几乎没有人爱它，除了他们本身的机智。具有新想法的人在其想法实现之前是个怪人。

乐观幽默活力

1. 多赞赏他人

有一位教师陈先生，想要减低房租。他写信给房东，告称在租约满后。准备迁出。实际上他并不想迁居，只希望能减低租金，但依情势来看，不会有成功希望，因为许多的房客都失败过，那房东是难以应付的。但陈先生正学习如何待人的技术，因此他决定试验一下。房东收到信后就来看他，陈先生在门口很客气地迎接房东，充满了和善和热诚。他没有开口就提及房租高，而开始谈论他是如何地喜欢这房子，恭维房东管理房舍的方法，并告诉他很愿意继续住下去，然而限于经济能力不能负担。

房东从未受过房客如此的款待和欢迎，他几乎不知如何是好。于是他开始告诉陈先生，他亦有他的困难，有一位房客曾写过十多封信给他，简直是在侮辱他。更有人曾指责他，假如房东不能增加设备，他就要取消租约。没有经过陈先生的请求，他便自动减低了租金。当他离开时，还问陈先生："有什么需要我替你装修的吗？"

假如陈先生用了别的房客的方法去减低租金，一定会遭遇到他们同样的失败，不过他用了友善、同情、欣赏、赞美的方法，使他获得了胜利。

某甲是拍马屁专家，连阎王都知道他的大名，死后见阎王，阎王拍案大怒，"你为什么专门拍马屁？我是最恨这种人的。"马屁鬼叩头回道："因为世人都爱拍马屁，不得不如此，大王是公正廉明，明察秋毫，谁敢说半句恭维的话。"阎王听了，连说："是啊是啊！谅你也不敢。"实则阎王岂不爱听恭维话。不过说恭维话的方式，与普通不同罢了。

这个故事，是说明了人之常情，都爱恭维，你的恭维话若有相当分寸，不流于谄媚，不损伤人格，则不失为得人欢心的一法呢！

据说有甲乙两个狩猎者，各猎得野兔两只回来。甲的女人看见冷冷地说："只打到了2只吗？"甲狩猎者心中不悦，"你以为很容易打到吗？"他心里如此埋怨着。第二天他，让女人知道打猎是不容易的事情。

乙狩猎者所遇则恰好相反。他女人看见他带回来了2只野兔，就欢天喜地地说："你又打了2只吗？"乙听了心中喜悦，"2只算得什么！"他高兴得有点自傲地回答他的女人。第二次他打回了4只！

信不信由你，故事也许是虚构，但这却是常情。

2. 避免无谓的争论

"永远避免当面冲突。"几年前A君在一个宴会中得到一个宝贵的教训。

罗君在美国取得博士学位回来，有一晚A君被邀请参加一个欢迎罗君的宴会。坐在A君旁边的一位来宾讲了一段自出的笑话，引用了一句成语。

这位来宾说是圣经上的成语，他错了。A君知道这句成语的来历，由于个人的高贵感便想表现得比他知识丰富，仍毫不客气地纠正他。他勃然大怒："什么？那句话出自莎士比亚，不可能的，真是笑话。"坐在另一旁的A君的老板高先生，他对莎翁的著作是很有研究的。因此A君和那位来宾都同意把这问题请教高先生；高先生听了原委，在桌下暗暗的碰了A君一下说："A兄你错了，这位先生是对的，这是出自圣经上的。"

宴会出席后在回家的途中，A君对高先生说："说实在的，那句成语是莎翁所说的。"

"是的，在莎翁的'哈姆雷特'那本书的第五幕第二节上，然而你知道我们是一个盛大宴会上的客人，你何必去证明一个人的错，那样会使他喜欢你吗？何不让他自己保全面子？他并未问你的意见，何必同他争辩？永远避免当面的冲突。"他这样回答A君。

"永远避免当面的冲突"，说这话的人虽已死，然而给人们的教训却仍存在。

十有九次，辩论终了之后，每个参与辩论的人，都比以前更坚信他是绝对正确的。

你无法从辩论得胜，你也不可能胜，因为如果你失败了，你就是失败，反之你得胜了，你还是失败的，为什么呢？因为假如你胜过对方，将他的理由击败，并证明他是错误的，然后怎么样？你觉得高兴，然而对方呢？你使他觉得低弱，你伤了他的自尊心，他会恨你，而作为反对你的胜利，而且——"一个被违反自己的意见说服之后，必仍然固执着他本来的意见"。

日本有一家人寿保险公司，为职员订下了一条规则："不要跟顾客辩论。"真正的推销术，不是辩论，亦不是近似辩论的，人的思想绝不是可以那样的改变的。

3. 寻找快乐的活力

传说东海的一只大乌龟，偶然爬过一口井边。井里的一只蛙看见了，连忙说："稀客稀客，请来参观吧？"大乌龟说："你在井里过得舒服吗？"井蛙说："我独霸一口井的水，像是一个国王一样，怎么不舒服呢？你看，我一跳到井里，水就来扶着我的两腋，托着我的腮帮子。我高兴就钻入水底，泥巴就赶快来按摩我的脚，到了晚上，不想待在水里，就跳出来，散散心。"于是，大乌龟便想到井底看一看，不过它的左脚刚刚踩进去，右脚就绊在外边动弹不得了。大乌龟只好退了出来。大乌龟便对井蛙说："你的井太小了，我进不去。我刚才是从东海上来的，让我告诉你东海的快乐吧。东海又大又深，用 500 千米的长. 不足形容他的广大，用 2. 4 千米的高，不足以形容它的深。水灾时不会增加，旱灾时不会减少，像这样不会因时间的长短而改变，不受雨水的多少而增减，这就是大海的快乐。"

井蛙听了，只好翻翻眼珠，连连倒退，一副茫然失措的样子。

4. 幽默的活力

据说马克·吐温和他的孪生兄弟，两人长得一模一样，连他们的母亲也分辨不出来，一天，在他们洗澡时，其中一个不小心跌入浴缸淹死了，没有人能知道淹死的究竟是双胞中的哪一个。

"最让人伤心的就在这里。每个人都以为我是那活下来的人，其实不是。活下来的是我弟弟，那个淹死的人是我。"马克·吐温说。

马克·吐温这位杰出的大文豪，类似的"否认生活"的例子是很多的，这里再举一例：

有一年的"愚人节"，马克·吐温遭到了别人的愚弄，纽约的一家报纸报道了他"逝世"的消息。

消息迅速传后，前来悼念的亲朋好友盈门，这时，有人为他打抱不平，纷纷谴责那家报纸。没有料到马克·吐温却风趣地说："报纸报道我死，这是千真万确的，只不过是日期提前一些。"

许多大幽默家却干出一些怪诞滑稽之事，正是幽默思维压倒了正常思维而造成的结果，假如成人像小孩子那样进行思维的话，就会产生强烈的幽默效果，让人忍俊不禁。

比尔是一家大公司的职员，他经常在办公时间出去理发，尽管他也知道这样做是违反公司规定的。

一天，当比尔又在理发时，公司的经理正巧也来理发，比尔无法躲开了。

经理说："你好。比尔，我看见你在办公时间理发。"

比尔镇定地回答："是的。先生。你看，我的头发都是在工作时间长出来的。"

"不是全部吧，其中一部分是在下班时间内长的。"

比尔很有礼貌地回答："是的，先生，你说得对极了。所以我只剪一部分而不全部剃掉。"

5. 东拉西扯的幽默

幽默的人在思考时，把两件表面似乎毫无联系的事物牵扯在一起，从不协调中产生新的协调，从而产生幽默，我们不妨把它叫作"近远联想"。

俄罗斯有一位非常有名的丑角演员杜罗夫。在一次演出的幕间休息的时候，一个很傲慢的观众走到他的身边，讥讽地问道："丑角先生，观众对你非常欢迎吧?""还好。"

"要想在马戏班中受到欢迎，丑角是不是就必须具有一张愚蠢而又古怪的脸蛋呢?""确实如此。"杜罗夫回答说，"如果我能生一张像先生您那样的脸蛋的话，我准能拿双薪。"

这位傲慢观众的脸蛋，同杜罗夫能否拿双薪，本无丝毫内在的联系，在这里杜罗夫却巧妙地把它们牵扯在一起，从而产生了幽默，对这傲慢的观众进行了讽刺。

对于政治家、社会活动家来说，"近远联想"可使他们高瞻远瞩，也可提高他们的识别能力，因此，是他们的良师益友。

请看一则对话：

甲：你说足球和水球，哪个球门难守。

乙：我说什么门也没有后门难守。

简略的两句对话，巧妙地把"守球门"同"走后门"联系在一起，抨击了社会上走后门的歪风邪气，也提醒掌握一定权力的人们要严把"后门"关。

要想学习"近远联想"的技巧，也是可以办到的。你只要在脑里排除一般的常规的联想和专业性的联想，那么剩下的联想一般都统称之为"近远联想"。你也不妨试一试。

6. 一语双关

一语双关是在说话时，利用语音和语义的条件，故意命名某些词语在一定的环境中，具有双重意义的方法。

先看一则"就当没听见"的幽默。

甲：我求你一件事，你能为我保密吗？

乙：当然可以。

甲：近来我手头有点紧，你能凑到些钱吗？

乙：不必担心，我就当没听见。

如果不仔细听，好像乙答应甲的请求。但仔细一想，却是恰恰相反，乙回绝了他，乙的回答是双关的，不仅在"保密"这一点"就当没听见"，请甲放心；就是借钱的要求，也当没听见，请甲死心，达到了一箭双雕的效果，又激起浓郁的幽默感。

这里还有一则"卖报"的幽默。

一个男人在广场上大声叫卖报纸："惊人的诈骗事件，受骗者已达82人！"一个人赶忙奔过去买了份报纸。然而，他看来看去，怎么也找不到诈骗事件的内容。这时，卖报的人又在大声地叫喊："惊人的诈骗事件，受骗者已达83人。"

这里卖报人的叫卖，也是言语双关的。"惊人的诈骗事件，受骗者已达83人"，这句哗众取宠的话语，一方面是为了招来顾客。另一方面也幽默地说出真正的受害者正是这些顾客，显得十分风趣。

魔力悄悄话

你不必和因果争吵，因果从来就不会误人。你也不必和命运争吵，命运它是最公平的审判官。给幽默下定义和对幽默做分析，是欠缺幽默感的人的消遣。有许多真实的话都是在笑话中讲出来的。

第八章
笑对人生的情绪活力

　　心境是指一种持久而微弱的情绪状态，具有渲染性和弥散性的特点，如舒畅、忧郁、沉闷、松弛等。心境往往不具有特定的环境对象，但可以形成人的心理状态的一般背景，来影响人的情绪体验。如当一个人心情舒畅时，看什么都会乐观积极，而一个人心境低落时，则会对许多事物都没有兴趣，甚至看不到色彩和希望。生活中，一个人无论什么时候都会处在一定的心境之中，而其对生活的感受往往受心境左右。心境有愉快、不愉快之分。

情绪情感概述

一、情绪、情感的概念

1. 情绪

情绪的含义。情绪是指人们对环境中的某种客观事物和对象所持态度的身心体验，它是最基本的感情现象。情绪是一种对人生成功具有显著影响的非智力因素。它有正面情绪和负面情绪之分。正面情绪是爱与温情、感恩、好奇心、振奋、热情、毅力、信心、快乐、活力、奉献、服务等；负面情绪是嫉妒、愤怒、抑郁、紧张、狂躁、怀疑、自卑、内疚等。正面情绪对人生的成功发挥着积极作用，负面情绪对人生的成功起消极作用。

一般意义上根据情绪的强度和持续的时间，心理学家将情绪状态划分为心境、激情与应激三类。

心境是指一种持久而微弱的情绪状态，具有渲染性和弥散性的特点，如舒畅、忧郁、沉闷、松弛等。心境往往不具有特定的环境对象，但可以形成人的心理状态的一般背景，来影响人的情绪体验。如当一个人心情舒畅时，看什么都会乐观积极，而一个人心境低落时，则会对许多事物都没有兴趣，甚至看不到色彩和希望。生活中，一个人无论什么时候都会处在一定的心境之中，而其对生活的感受往往受心境左右。心境有愉快、不愉快之分。

激情是指一种强烈、短暂、爆发式的情绪状态，表现为暴怒、狂喜、绝望等，通常由突然发生的对人具有重要意义的事件引起，如许多大学生会因一场足球赛而欣喜若狂，或垂头丧气。激情的特点是强烈的冲动性和爆发性。激情也可表现为积极的或消极的。积极的激情能增强人敢为性的魄力，激励人们克服困难，攻克难关；消极的激情则会导致理智的暂时丧失，情绪和行为的失控。生活中的激情犯罪多由消极激情引起。

2. 情感

（1）情感的含义：情感是较高的感情现象，着重体现感情的内容方面，具有较稳定的持久、内隐含蓄的特点，与人的基本社会性需要相联系，比如个体在后天环境中形成和发展起来的，较少受教育影响的依恋、交往等需要，还有与之相关的爱、恨、依恋感、孤独感等。情感则比较内隐、含蓄，常以内心体验的形式存在，始终处于意识支配的范围内。如深厚的爱，对真理的追求，对事业的思虑；教师对学生的殷切期望，父母对子女的疼爱等，往往深埋在心底，不轻易外露，而主要表现在行动中。

（2）情感的分类：情感是人类特有的与人的社会和精神需要相联系的心理体验和价值倾向，它反映着人们的社会关系和生活状况，具有明显的历史性。

情感的种类很多，根据情感的性质和内容的不同，可将其分为一般情感和高级情感。

一般情感。一般情感分为爱、恨、惧、乐、疏五种，是个人内心的一种较强烈的情感体验，它以个人对他人或物的情感依赖度和联结度为标准。对他人或物的情感产生依恋并与之联结紧密的情感可称为之"爱"，反之则为"恨"。

"惧"是一种害怕的心理体验，排斥与他人或事物建立情感依赖和联结，或对已有的情感依赖和联结产生恐惧。反之，内心对他人或物之间建立的情感依赖和联结有一种愉快感和兴奋感并趋附之，则为"乐"。"疏"是指未与他人或物产生情感依赖和联结的情感状态，表现为不认识、不了解、陌生、心存芥蒂等。

高级情感。高级情感是人的一种持久和强烈的社会和精神需要，它渗透于人类社会生活的各个领域，对人的社会性行为有一定的影响。常见的高级情感有道德感、理智感和美感。道德感。道德感是关于人的举止、行为、思想、意图是否符合社会道德行为标准和客观的社会价值而产生的情绪体验，是由对那些满足人的社会道德行为准则的需要而产生的情感体验。

理智感。理智感是人在认知活动过程中所产生的情感体验。它与人的求知欲、认识兴趣、解决问题的需要等的满足相联系。

理智感是在认识过程中产生和发展起来的，它反过来又推动着人的认识的进一步深化，成为认识世界和改造世界的一种动力。

美感。美感是审美主体在欣赏艺术作品、社会上的和谐现象和自然景物等审美对象时在内心所产生的崇高、伟大、庄严、优美等的情感体验，分为审美感和爱美感。

审美感是一种愉悦的体验。自然美使人心旷神怡，艺术美使人陶醉，积德行善使人快乐。爱美感是一种倾向性的体验。这种体验表现为审美主体内心对美好事物的肯定、向往和迷恋，具有持久性并带有一定的价值取向。

3. 情绪、情感的区别

情绪和情感有一定区别。

首先，情绪是指那些与某种机体需要是否满足相联系的体验，是低级、简单的体验，是人类和动物共有的；情感则是指在人类社会发展进程中产生的与社会需要相联系的体验，是高级、复杂的体验，是人类所特有的。

其次，情绪是带有情境性的，一般不太稳定；情感则是既具有情境性，又具有稳定性和长期性。

再次，一般情绪在强度上比情感要强一些，且常伴随机体生理上的变化；情感则不太明显。

情绪具有较大的情景性、激动性和暂时性。如听到北京出现了"非典"疫情时，人们常常会表现出恐慌、焦虑、愤怒、沮丧、懊恼等情绪。随着疫情的逐渐好转或适当的心理调适会逐渐减轻，是暂时的过程。情感具有较大的稳定性、深刻性和持久性。常常被用来描绘具有稳定的深刻的社会意义感情。

如在"非典"疫情面前，白衣战士表现出的对患者的关心，对本职工作的热爱，以及群众对白衣战士的敬重感激等情感。这些情感会形成长期稳定的社会感情，不会随着情景变化而改变，是持久而稳定的心理过程。

情绪和情感又有密切的联系。一方面情绪是情感的基础，情感离不开情绪。这是因为情感是在情绪不断稳定化的基础上发展形成的，又是通过情绪的形式表达出来的。

如"不打不相识""不是冤家不聚头"等说的就是人们相互之间的关系由陌生到熟悉进而产生感情的过程。另一方面情绪离不开情感，情绪是情感的具体体现。情感的深度决定着情绪表现的强弱程度，情感的性质决定了情绪在一定情境下的表现形式。在情绪的发生过程中，往往深含着情感因素。所谓的"仇人相见，分外眼红""爱之深恨之切"说的就是这个道理。正是因为情绪情感的不可分割性，人们时常把情绪和情感通用。

4. 情绪情感的功能

适应功能情绪和情感是有机体适应生存和发展的一种重要方式。对于动物来说，危险时的恐惧呼救成为一种求生手段。对于人类来说，婴儿早期与成人交流就依靠情绪来传递信息。在成人社会中，微笑或是哭泣表达了不同的社会处境。

动机功能情绪和情感是动机的源泉之一，是动机系统的组成部分，可以激励人们产生更适应于环境的行为，如成语"急中生智"。在危难时刻，情绪可以促使机体提高兴奋性，提高心跳、呼吸。血压为应激情景提供有利的条件。

组织功能情绪的组织功能表现在积极情绪的协调作用和消极情绪的破坏瓦解作用。中等强度的愉快情绪有利于提高认知活动水平，而消极的情绪会对操作效果产生负面的影响。如有些考试焦虑的学生会在考场上出现"越着急，头脑中越一片空白"的现象，这就是消极的情绪阻碍了正常的认知过程。

信号功能情绪和情感在人际间具有传递信息，沟通思想的功能，这种功能是通过表情来实现的。就像同学之间在谈话中有了共同语言时，往往表现出喜悦的心情，而当人际交往出现障碍时，则在情绪情感上表现得冷漠与孤独。

二、情绪与情商

1. 情商的含义

情商（EQ）又称情绪智力，是与智商（IQ）相对形式命名的术语，是情绪、情感商数的简称。

1995 年美国心理学教授、《纽约时报》专栏作家丹尼尔·戈尔曼在《情感智力》一书中，首次使用了"情商"概念。戈尔曼认为，"情商"是个体最重要的生存能力，是一种发掘情感潜能、运用情感能力影响生活各个层面和人生未来的关键性品质要素。

如果说，智商主要是反映人的认知能力、思维能力、语言能力、观察能力、计算能力等理性能力的话，那么情商主要是反映一个人感受、理解、运用、表达、控制和调节自己的情感关系。以及处理自己与他人之间情感关系的能力。

戈尔曼通过科学论证得出结论："EQ 是人类最重要的生存能力"，人生的成就至多 20% 可归诸 IQ，另外 80% 则要受其他因素（尤其是 EQ）的影响。由此，我们对情商可以这样理解：情商是指控制自己的情绪、驾驭别人的情绪的能力，忍受挫折与应变的能力，是衡量一个人这些能力高低的尺度。

情商形成于婴幼儿时期，成型于儿童和青少年阶段，它主要是在后天的人际互动中培养起来的。那么，"情商"到底包括哪些内容呢？根据现有的理论，"情商"内容大致可以概括为以下五个方面：

（1）认识自己的情绪。认识情绪的本质是情感智商的基石，当人们出现了某种情绪时，应该承认并认识这些情绪而不是躲避或推脱。只有对自己的情绪有更大的把握性才能成为生活的主宰，才能更好地指导自己的人生，更准确地决策婚姻、职业等大事。反之，不了解自身真实情绪的人，必然沦为情绪的奴隶。

（2）妥善管理情绪。情绪管理是指能够自我安慰，能够调控自我的情绪，使之适时、适地、适度。这种能力具体表现在通过自我安慰和运动放松等途径，有效地摆脱焦虑、沮丧、激怒、烦恼等因失败而产生的消极情绪的侵袭，不使自己陷于情绪低潮中。这方面能力较匮乏的人常与低落的情绪交战；而这方面能力高的人可以从人生挫折和失败中迅速跳出，重整旗鼓，迎头赶上。

（3）自我激励。指能将情绪专注于某项目标上，为了达到目标而调动、指挥情绪的能力。任何方面的成功都必须有情绪的自我控制——延迟满足、控制冲动、统揽全局。拥有这种能力的人能够集中注意力、自我把握、发挥创造力、积极热情地投入工作，并能取得杰出的成就。缺乏这种能力的人，则易半途而废。

（4）认知他人的情绪。即移情的能力，是在自我认知的基础上发展起来的最基本的人际技巧。具有这种能力的人，能通过细微的社会信号敏锐地感受到他人的需要与欲望，能分享他人的情感，对他人处境感同身受，又能客观理解、分析他人的情感。此种能力强者，特别适合从事监督、教学、销售与管理的工作。

（5）人际关系的管理。就是管理他人情绪的艺术。大体而言，人际关系的管理就是调控与他人的情绪反应的技巧。这种能力包括展示情感，富于表现力与情绪感染力，以及社交能力（组织能力、谈判能力、冲突能力等）。人际关系管理可以强化一个人的受欢迎程度、领导权威、人际互动的效能等。能充分掌握这项能力的人，常是社交上的佼佼者。反之则易于攻击别人、不易与人协调合作。因此，一个人的人缘、领导能力及人际和谐程度，都与这项能力有关。

2. 不同情商水平的表现

较高情商：有自尊心，有独立人格，但在一些情况下易受别人焦虑情绪的感染；比较自信而不自满；较好的人际关系；能应对大多数的问题；不会有太大的心理压力。

较低情商：易受他人影响，自己的目标不明确；比低情商者善于原谅，能控制大脑；能应付较轻的焦虑情绪；把自尊建立在他人认同的基础上；缺乏坚定的自我意识；人际关系较差。

低情商：自我意识差，无确定的目标，也不打算付诸实践；严重依赖他人。处理人际关系能力差，应对焦虑能力差，生活无序。

三、情绪与心理健康

情绪对于心理健康来说，是至关重要的。稳定而良好的情绪状态，使人心情开朗，轻松安定，精力充沛，对生活充满乐趣与信心。相反，如果一个人情绪波动不稳，患得患失，喜怒无常，处于不良的情绪状态中，而自己又不会调节和控制，就会导致心理失衡和心理危机，甚至精神错乱。

1. 良好的情绪和情感促进身心健康

良好的情绪和情感是指愉快情绪多于不愉快情绪，情绪反应适时、适度，善于自我调节和控制，情绪和情感的稳定性较好。

现代心理学和医学的研究成果表明，情绪和情感对人的身心健康具有直接的影响，可以说是情绪主宰健康。大学生若能经常保持心情愉快、舒畅、开朗乐观，则人体免疫功能活跃旺盛，可减少疾病感染的机会，有益健康。苏联生理学家巴甫洛夫说："愉快可以使你对生命的每一次跳动，对于生活的每一印象易于感受，不论躯体和精神的愉快都是如此，可使身体发展和健康。"中国俗语说："人逢喜事精神爽。""笑一笑、十年少。"就是说愉快乐观的情绪和情感可以延缓衰老，增进健康。良好的情绪和情感不仅可以促进生理健康，更与大学生的心理发展密切相关。情绪和情感发展良好的大学生往往对生活充满热爱，对自己充满自信，好奇心和求知欲浓厚，思维活跃，富于创造性，爱好广泛，行为积极主动，乐于与人交往，并能与人建立相互信任、理解的友好关系，有利于大学生提高学习和工作效率，激发潜能，实现全面发展。

2. 不良情绪危害身心健康

所谓不良情绪是指持续的消极情绪和过度的情绪反应。如因不幸事件引起悲伤、忧郁持续数周、数月甚至数年不能消除，或情绪反应过于激烈，都会对身心造成危害，有时即使是愉快的情绪，因反应不适度，也可能成为不良情绪，如范进中举后狂喜致疯，就是众所周知的例子。

强烈的情绪反应和持久的消极情绪会影响到神经系统的功能，破坏大脑皮质的兴奋与抑制的平衡，使人的认识范围变窄，分析判断力减弱，失去自制力，严重的甚至会引起精神错乱、行为失常和神经症等。调查表明，大学生中常见的心理障碍和疾病大多与持久的消极情绪有关，如神经衰弱的病因，就和长期处于紧张、焦虑的情绪状态有直接联系。有些大学生还因无法调适，消除不良情绪，长期陷于苦闷、压抑、抑郁等状态中，感到悲观、痛苦，不仅严重地影响了学习和生活，甚至会走上自杀的道路，酿成悲剧。不良情绪会造成个体的自卑、抑郁，会使个体对社会产生不正确的认识，会引起心理上的疾病和心理变态。如马加爵事件，据心理学专家分析，真正决定马加爵犯罪的心理问题是他强烈、压抑的情绪特点，是他扭曲的人生观，还有"自我中心"的性格缺陷。

青春期是一个人的黄金时代，因为这是一个人走向成人的过渡时期。在这个时期，其学习和发展的任务是非常重要的。但是，由于面临着生理上、心理上的急剧变化，还有学业上巨大的压力，处于青春期的学生往往会出现心理失衡和复杂的心理矛盾，甚至产生种种不良的后果。据一份22个城市的调查报告显示，实际上我国大学生中有各种心理问题者达15%～20%，表现形式以亲子矛盾、人际关系紧张、厌学和学习困难、考试焦虑等现象为多。这些问题的发生大多与学生的自我控制能力有关，多是源于其心中时常涌现的各种非理性情绪。

魔力悄悄话

　　正面情绪是爱与温情、感恩、好奇心、振奋、热情、毅力、信心、快乐、活力、奉献、服务等；负面情绪是嫉妒、愤怒、抑郁、紧张、狂躁、怀疑、自卑、内疚等。正面情绪对人生的成功发挥着积极作用，负面情绪对人生的成功起消极作用。

常见情绪困扰与调试

一、情绪表现特点

　　人们的情绪和情感都有着从简单到丰富，从不成熟到成熟的发展进程，每个发展阶段各有不同的特点，人在青年期（14～25岁），情感丰富，体验深刻，情绪的波动起伏大，易冲动。大学生正处在青年期，具有青年人共有的情绪和情感特征，情感丰富、复杂、不稳定。情绪起伏波动较大，呈两极趋势，有时兴奋激动如火山爆发，有时消沉忧郁，甚至失去活下去的勇气。此外，大学生这一群体由于其独特的社会地位、知识水平、心理发展特点以及生理状况，使得他们的情绪和情感具有鲜明的特点。

1. 稳定性和波动性并存

　　一方面大学生普遍具有较高的智力水平和知识素养，具有一定的自我控制情绪的能力，一般能用理智约束冲动，对不良情绪进行自我调适，从总体上看来，大学生情绪和情感是比较稳定的。另一方面大学生的情绪和情感仍有不稳定因素存在，突出表现在情绪和情感经常在两极之间起伏、动荡，时而平静，时而激动；时而积极，时而消极；时而肯定，时而否定；时而外显，时而内隐，呈现出波动性的特征。

　　这种波动性是由大学生在生理、心理和社会性三方面发展的特点决定的。大学生的生理发展已经成熟，由于性成熟和性激素分泌旺盛，使大脑皮质和皮层下中枢之间出现暂时的不平衡，易产生情绪波动。另外，从人体生物节律来看，人的体力、情绪和智力都有周期性的变化，处在高潮期时，人感到体力充沛，心情愉快，思维敏捷；处在低潮期时则正好相反，人会觉得疲劳乏力，心情沮丧，思维迟钝，也呈波动的特点。

大学生的心理发展正处于由不成熟向成熟过渡的时期，会产生各种内心矛盾和冲突，如独立与依赖、自尊与自卑、理想与现实、闭锁与开放等等，这些内心矛盾和冲突常会打破大学生的心理平衡状态，引起情绪和情感的波动起伏。

大学生的社会性发展尚未成熟，虽然他们对社会现象和政治时事极为敏感、活跃，但是人生观的不稳定、认识上的不成熟往往使他们不能对社会现实和现象进行全面分析，容易片面地加以肯定或否定，从一个极端走向另一个极端。尤其是在遇到困难和挫折时，更容易跌到悲观失望的谷底，难以自拔。

总之，由于大学生自身在生理、心理和社会性发展上的不平衡，使他们的情绪和情感呈现出忽高忽低，激烈多变的两极波动，并与稳定性共存，形成稳中有动的特点。

2. 丰富性和复杂性并存

首先，大学生的情绪和情感极为丰富，不论在日常生活、学习、交往中，还是从事社会活动时，无不带有浓厚的感情色彩。大学生在自我情感体验方面，敏感丰富，注重独立感、自尊心、自信心和好胜心；在学习活动中有强烈的求知欲、好奇心，热爱科学和真理，憎恨迷信和谬误；大学生对祖国、社会和集体有着深厚的情感，他们有强烈的民族自豪感和自尊感，有"天下兴亡，匹夫有责"的责任感、义务感，疾恶如仇，喜恶分明，正义感鲜明；大学生对纯洁的友谊和爱情十分向往，还积极地在发现美、欣赏美、创造美的活动中体验美的感受，等等。

其次，这些丰富的情感在表现形式上复杂多样，呈现出外显和闭锁，克制和冲动交错的特征。通常情况下，大学生对外部刺激的反应迅速、敏感，喜怒哀乐溢于言表，内心体验和外部表现是一致的，呈现出明显的外显性特点，例如为比赛胜利欢呼雀跃，因考试失败而垂头丧气。然而，在一些特定场景和事件上，大学生的情绪在表现和内心体验方面往往并不一致，有时会把内心真实的情绪和情感隐藏起来，显得冷淡、无所谓。如当大学生感受到不友好、不公正的对待和压制时，在得不到理解和尊重的场合中，在对立紧张的情况下，他们就会把心扉紧闭起来，不轻易表露自己的真情实感。有时还会采用文饰、反向的办法来掩饰内心情感，就像伊索寓言中的狐狸那样，吃不到葡萄说葡萄酸，或说自己从来就不爱吃，也不想吃。这就是大学生情绪和情感的闭锁性的特点，它与情绪的外显性是交错共存的，只要有适当的场合和理解、关心的对象，大学生就会敞开心扉，表露真实的情感。

大学生正处在青年期，他们精力充沛，血气方刚，在外界刺激下极易产生冲动性情绪和行为，尤其是在感受到挑衅和敌意时，容易情绪失控，呈现出冲动性的特点。大学生对自己的情绪和行为有一定的自制力，多数情况下都能用理智克制冲动，自我约束、自我调节，因而冲动性和克制性并存。

3. 阶段性和层次性并存

随着年龄的增长，知识的积累和阅历的增加，不同年级阶段的大学生各有特点。以下是不同年级阶段大学生情绪和情感的特点：

低年级学生情绪和情感的特点：刚刚跨入大学校园的新生，心中涌动着成为一名大学生的自豪感，对校园中的一切都感到新鲜、好奇，体验到走出"黑色七月"的轻松和愉快。同时，由于没有考上更好的专业和学校或在新班级中失去了原有的中心位置，以及理想中的大学生活与现实的巨大落差等原因，许多大学生感到强烈的失望、迷惘和自卑。激烈的竞争、繁重的课程、不同的教学方法使大学生在短暂的轻松感后很快便感到压力和紧迫感。陌生的环境和人、生活上的不适应，使得低年级大学生产生恋旧感，深深地思念父母、家人和旧日的同学。因而一年级大学生的情绪和情感体现出自豪感和自卑感交织、轻松感和压力感交织、新鲜感和恋旧感交织的特点。

中年级大学生情绪和情感的特点：二三年级的大学生经过一年的调整后，已逐渐融入大学生活和学习之中，适应性情感增强，表现在：专业思想渐趋稳定，学习兴趣浓厚，求知欲强，思维活跃。对自我的认识进一步深入，独立感、自尊感和自信心得到发展。此时大学生的人际交往逐渐增多，与班级同学的感情较为密切，并建立起深厚的友谊，一些大学生还开始了对爱情的追求。中年级大学生爱好广泛，积极参加社会活动和审美活动等，社会责任感、义务感、荣誉感和美感进一步发展并成熟。情绪和情感总体看来较为平稳。

高年级大学生情绪和情感的特点：经过近 4 年时间的大学学习，高年级学生即将告别学校，走上工作岗位，此时他们的社会责任感明显增强，社会人生情感日趋丰富，主要表现为更多地关心个人与社会的关系、思考人生价值和意义的倾向。毕业在即，高年级学生大多面临毕业考试、论文答辩、求职择业、恋人去向等诸多抉择和压力，因此紧迫感和忧虑感十分明显。同时对母校和班级、同学产生惜别留恋之情，依依不舍。但也有个别大学生，因学习或择业遭到挫折，产生愤怒、焦虑、紧张情绪，在冲动中做出毁坏公物、打架斗殴等恶劣行为，需要引起注意，并加以教育和引导。

另外，同一年级的大学生由于成绩、能力等方面的差异，又表现出不同层次的情绪和情感特点，二者交织共存。

优秀生的情绪和情感特点：优秀生的独立感、自尊心和自信心较强，情绪大多积极、愉快、乐观，他们的求知欲极强，学习兴趣浓厚，能体验到获取知识和有所创造的快乐，对班集体的责任感和荣誉感较强。

后进生的情绪和情感特点：后进生的内心充满了矛盾，一方面他们想努力学习，奋发进取，甩掉落后的帽子，另一方面又常因缺乏毅力和恒心，半途而废，徘徊不前，因而内心常常感到苦恼、痛苦、自责，他们既有强烈的自卑感，又有一定的自尊心，忌讳别人揭短，怕被人瞧不起。

科学认识情绪和情感发展的特点，有助于准确把握心理和行为，调适不良情绪，促进良好情绪和情感的培养。

二、异常情绪表现

1. 焦虑

焦虑是个体主观上预料将会有某种不良后果产生的不安感，是紧张、害怕、担忧混合的情绪体验。焦虑是十分常见的现象，人们在面临威胁或预料到某种不良后果时，都有可能产生这种体验。

焦虑是大学生常见的情绪状态。大学生的焦虑主要有自我形象焦虑、学习焦虑与情感焦虑。自我形象焦虑是担心自己不够漂亮、没有吸引力，体貌过胖或矮小等，也有的学生因为粉刺、雀斑等影响自我形象而引起的焦虑。这类焦虑主要与自我认知有关，需要通过调整自我认知重新接纳自我，建立新的自我形象。学习焦虑、考试焦虑，在学生情绪中表现得最为强烈；情感焦虑多数由于恋爱受挫而引发的自我否定，认为自己不具备爱人与被爱的能力，因而过度担心引起焦虑。

焦虑对大学生的影响是复杂的，既可以成为大学生成才的内驱力，起促进作用，也可以起阻碍作用。实验证明，中等焦虑能使学生维持适度的紧张状态，注意力高度集中，促进学习。但过度焦虑则会对学生带来不良的影响。如有的大学生在临考前夜的失眠或考试时的"怯场"，在竞赛中不能发挥正常水平等，多是高度焦虑所致。被过高的焦虑困扰的大学生，常常会感到内心极度紧张不安，惶恐害怕，心神不定，思维混乱，注意力不能集中，甚至记忆力下降，同时还容易产生头痛、失眠、食欲不振、胃肠不适等不良生理反应。焦虑的大学生在内心深处有一种无法解脱，不愿正视的心理问题，焦虑只是矛盾冲突的外显，借此作为防御机制以避免更深层次的困扰。

2. 抑郁

抑郁最明显的症状是心情压抑，表现为仿佛掉入了一个无底洞或黑洞之中，正被淹没或窒息，容易发火，感到愤怒或有负罪感。抑郁常常伴随着焦虑，对所有活动失去信心和兴趣，渴望一个人独居。抑郁也伴随着个体思维方式的转变，这些认知改变可以是一般性的，比如注意力不集中、记忆力衰退或者很难作出决定。在思考中可能有更多的心境转变，消极地看待世界、自我和未来。因此，抑郁的人很难回忆起美好的记忆，不适当地责备自己，对未来感到悲观。与此同时，还伴随身体症状，如常常乏力，起床变得困难，更严重时睡眠方式都将改变，睡得太多或者早晨醒得太早，并且不能再次入睡。也可能出现饮食紊乱，吃得过多或过少，随之而来的是体重激增或剧减。

抑郁也是大学生常见的情绪状态，表现为情绪低落、消沉持续时间较长，并与苦闷、不满、烦恼、困惑等情绪交织在一起。一般来说，这种情绪多发生在性格内向，好孤僻、敏感多疑、依赖性强、不爱交际，生活遭遇挫折，长期努力得不到报偿的大学生身上。那些不喜欢所学专业，或因人际关系处理不当、失恋等问题的大学生也会产生抑郁情绪。

3. 愤怒

愤怒是由于客观事物与人的主观愿望相违背，或因愿望无法实现时，人们内心产生的一种激烈的情绪反应。心理学研究表明，当愤怒发生时，可能导致人体心跳加快、心律失常、高血压等躯体性疾病，同时还会使人的自制力减弱甚至丧失，思维受阻，行为冲动，甚至干出一些事后后悔的蠢事或造成不可挽回的损失。

愤怒是大学生常见的一种消极情绪，处于精力充沛，血气方刚的青年时期的大学生，在情绪情感发展上往往容易产生好激动、易动怒的特点。如有的大学生因一句刺耳的话或一件不顺心的小事而暴跳如雷；有的因人际协调受阻而怒不可遏，恶语伤人；有的因别人的观点或意见与自己相左而恼羞成怒；有的因一时的成功、得意而忘乎所以；有的因暂时的挫折或失败而悲观失望，痛不欲生。如此种种遇事缺乏冷静的分析与思考，图一时之快，逞一时之勇的好激动、易动怒的不良情绪特点，在一些大学生身上时有体现。这种情绪对大学生的影响是极其有害的，因而有人说:"愤怒是以愚蠢开始,以后悔结束的。"

4. 嫉妒

嫉妒是指他人在某些方面胜过自己,引起的不快甚至是痛苦的情绪体验。当看到别人比自己强时,心里就酸溜溜的不是滋味,于是就产生一种包含着憎恶与羡慕、愤怒与怨恨、猜嫌与失望、屈辱与虚荣以及伤心与悲痛的复杂情感,这种情感就是嫉妒。

嫉妒是自尊心的一种异常表现,在大学生中普遍存在。当看到他人学识能力、品行荣誉甚至穿着打扮超过自己时,内心产生不平、痛苦、愤怒等感觉;当别人身陷不幸或处于困境时则幸灾乐祸,甚至落井下石,在人后恶语中伤、诽谤。一个嫉妒心强的人,常常陷入苦恼之中不能自拔。时间长了会产生自卑,甚至可能采取不正当的手段去伤害别人,使自己陷入更恶劣的处境。法国文学家巴尔扎克曾经说过:"嫉妒者比任何不幸的人更为痛苦,因为别人的幸福和他自己的不幸,都将使他痛苦万分。"

嫉妒是一种情绪障碍。嫉妒心强的人容易得心身疾病,因为长期处于嫉妒状态,会产生压抑感,容易引起忧愁、消沉、怀疑、痛苦、自卑等消极情绪,严重损害身心健康;嫉妒心强会大大降低学习的效率,影响大学生的自我发展,也会使自己结交不到知心朋友,因为这样的人总想压倒别人,常想方设法阻止别人的发展,同学就会不愿与之交往。久而久之,给自己造成不良的人际关系氛围。

三、影响情绪表现的因素

导致青春期不良情绪产生的原因错综复杂,其中既有社会、学校、家庭等外部因素的影响,也有生物遗传及生理心理特点内部因素的影响。

1. 客观因素

(1)社会环境:随着社会主义市场经济体制的建立和发展、竞争机制的引入、传统价值观念的转变，处于转型时期的社会出现了各种社会问题，诸如干部腐败、职工下岗、贫富差距加大等。大学生社会阅历浅，心理应对和承受能力较弱，容易产生不良情绪，引发心理与行为严重失调。竞争异常激烈的就业市场要求大学生不仅要有特长，而且要有较高的综合素质。随着国家就业体制改革的深入，"60分万岁"已永远成为历史。大学生面临的任务就是要全方位地塑造自己，将自己推入市场，接受市场的选择。不少学生由于对自己信心不足，时常出现过于焦虑和担心的情绪。

（2）学校环境：高校为了适应市场需要，不断提高办学水平，制定严格的人才培养考核标准，对学生的学习、综合素质等方面要求较高，大学生稍有松懈就会在竞争中失利，这也成为产生大学生消极情绪的诱因之一。另外，由于目前高校改革不断深化，招生不断扩大，由此带来了高校办学的一系列变化，上学交费制度、奖学金和贷款制度、考试淘汰机制及择业制度的变更、完善，无不牵动着每一个大学生，冲击着当代大学生动荡不稳的心理，影响着大学生的情绪。

（3）家庭因素的影响：家庭经济状况，家长教育态度、内容与方式，家庭成员之间的亲疏关系对学生情绪、情感水平有着非常重要的影响。当前，社会转型、生活节奏加快，对家庭的冲击较大；单亲家庭、下岗家庭等问题家庭增多，越来越深刻地影响着大学生的情绪。另外，家长对子女过高的期望值或要求，过于急切的"望子成龙"的心态，对加重其子女的心理负担，使之产生焦虑不安等情绪体验起了推波助澜的作用。一些大学生因为害怕不能满足家长的要求或不能为家庭增添光彩，因而引发高度焦虑和极度苦闷的情绪反应。个别大学生因体验不到家庭的温暖或感受不到来自教师、同学对他的关爱和体贴，也极易产生"冷眼看世界"的消极情绪体验和反应。

2. 主观因素

外在的环境刺激对大学生情绪问题的产生影响固然深刻，但大学生的情绪变化的决定性因素还取决于大学生自身。

(1) 不能正确地评价自我：每位大学生的过去都有一段"辉煌的历史"，但是大学校园却是群英荟萃，人才济济。这样的变化，常常会使一部分学生感到失落，变得不知所措而逐渐产生自卑感。因此，每个大学生都需要重新认识自我，摆正位置，寻找新的起点。如果一味地沉溺于过去，不愿正视现实，遇到困难挫折时很容易产生自负自卑的情绪。相反，习惯于过高地估价自己，心里常常觉得自己什么都比别人强，自然容易使其滋生骄傲自满的情绪体验，一旦遇到挫折，就会一蹶不振、自暴自弃。

(2) 自主性与依赖性的矛盾：进入了大学这样较为自由和开放的环境，独立意识日益增强，凡事想依靠自己的力量，处处想显示个人的主张。大学生渴望在各个方面取得成功，积极参加校内外的各种活动，力求处处显示出自己的能力。但是，由于他们的心理成熟落后于生理成熟，认识能力落后于活动能力，在经济上、行为上尚不能完全独立，长期形成的依赖心理一时难以摆脱，面对复杂的环境，常常不知所措。另外，多数学生是独生子女，独立性比较差，有较强的依赖性，缺乏社会经验和独立生活能力和缺乏必要的心理准备。这种依赖性和自主性的矛盾容易导致部分学生对大学生活的严重不适应，处于悲伤、抑郁状态。

(3) 期望与现实的反差：处在"青春少年"的大学生，一般比较自信，对自己的前途和未来怀有美好的向往，成就动机很强，自我期望值很高。但现实状况却不尽如人意，如果大学生经过一个阶段的努力仍然不能实现自己的愿望，就会感到理想破灭，一旦遇到困难和挫折，就很容易萎靡不振，情绪低落或者产生逆反情绪，与社会对立。

(4) 性和恋爱引起的情绪波动：由于大学生的性机能日益成熟，对感情的欲望逐渐加强，他们渴望与异性交往，追求美好爱情。但由于大学生心理尚未完全成熟，所以情绪有较大的波动性。由于大学生的性格尚未定型，承受挫折的能力不够，对爱情的理解又过于浪漫而不切实际，一旦在情感问题上遭受挫折（如失恋、单相思）便难以接受而灰心丧气，一蹶不振，甚至走向极端而采取毁灭行为。

有些大学生们由于缺乏必要的性教育而导致谈性色变，性罪恶感。

性心理常处于受压抑状态，本能地释放性与心理压抑的矛盾必然导致性焦虑。个别学生会因此精神蒙受痛苦，心灵备受煎熬，情绪波动明显，陷入惶恐不安，担心害怕，心神不宁，头昏脑涨，失眠多梦的心境之中。

（5）人际交往受挫。一些大学生对人际交往具有浓厚的理想主义色彩，对友谊的渴求十分强烈，人际交往的期望值过高，一旦期望值难以达到，就容易对人际交往采取消极冷漠的态度。当出现心理困扰，又苦于无人倾诉排解，由于得不到及时的帮助与治疗，就可能引发精神上的疾病。

不少学生或多或少地存在封闭心理，担心自己在社交场合不善言谈，担心自己缺少社交风度和气质，不被人重视接纳。有些同学很想正常地与人交往，却因生性内向，过于腼腆，存在思想顾虑，从而游离于校园交际圈之外。一旦在心理上与人群格格不入，就不可避免地陷入紧张、焦虑的情绪之中。

（6）重要丧失。大学期间的重要丧失也会对大学生的情绪产生重大影响。一是与大学生活有关的重要丧失，如考试失利、学业失败、考研失利等；二是与大学生自我发展有关的荣誉的丧失，如入党、评优、保研失利等；三是情感方面的重要丧失，如失恋、好友失和等；四是重要亲人的丧失，如亲人去世、家庭发生重大变故等，都对大学生的情绪构成影响，特别是负性生活事件对大学生不良情绪的滋长与蔓延起着不容忽视的作用。如果不及时调整，容量引发情绪问题。

四、情绪调控的方法

由于情绪是属于一种自发性的反应，要用理智去控制它的发生很难，我们能做且应该做到的就是在情绪来临时，去观察并觉察我们的情绪状态，了解原因，恰当地表达出自己的感受。有时情绪可能很强烈，需要借助一定的方法加以缓和排解，以免被情绪冲昏头脑，做出失去理智的事情。

1. 情绪低落、郁闷的控制与调节

情绪低落、郁闷是一种最常见的消极情绪，大多源于工作、学习压力，或生活中遭遇了挫折。人们在情绪低落时，常常会感到无精打采、压抑苦闷等，对周围事物兴趣减低，工作、学习效率明显下降，严重者还会影响日常的生活和人际关系。情绪低落、郁闷的控制与调节建议用以下方法：

（1）接受现实。现实生活中没有人能够事事如意，对于某种不能改变的事实，试着慢慢地去接受它，改变一下自己看待问题的角度和心态，也许心情就会好一些。

（2）参加运动。参加一些体育活动，如慢跑、散步、游泳等。运动有益于增加血液循环，调节心率，提高机体含氧量。研究表明，这样做对改善情绪状况有良好的作用。

（3）回忆快乐的事。适时地肯定自己，想想自己曾经取得的成绩和克服的困难，找找自己的优点和长处，回忆那些使自己感到快乐的事情。还可以写在纸上，列举出来，这样会更直观。

（4）多接触乐观向上的人和事，尝试和乐观积极的人去交往，学习他们看待事物的态度和方式。看两本内容乐观积极的书籍，或者去看一部喜剧片，感受一下快乐的气氛。也可以给自己买个小礼物，鼓励一下自己。

（5）释放压抑的情绪。和亲友、家人倾诉谈心，将自己的郁闷、压抑的情绪释放出来，不要总憋在心里。推心置腹的交流或倾诉，不但可增强人们的友谊和信任，更能使人精神舒畅。

2. 空虚、无聊的控制与调节

空虚是指百无聊赖，闲散寂寞的消极心态。通常发生在两种情景之中：一种是物质条件优越，无须为生活烦恼和忙碌，习惯并满足于享受，看不到也不愿看到人生的真实意义，没有也不想有积极的生活目的。另一种是心比天高，对人们通常向往的目标不懈追求，而自己向往的目标

又无法达到而难以追求，结果是无所追求，心灵虚无空荡，精神无从着落。空虚、无聊的控制与调节建议用以下方法：

（1）不做让自己感觉空虚的事：如长时间的上网、看电视、打牌等容易产生空虚感，有意识地控制自己，少采取上述的消遣方式。

（2）改变对生活的看法：人生不一定非要辉煌才算过得充实，平平凡凡，实实在在地做些事，也照样过得快乐。我们常说生活是美好的，就看你怎样对待它。一样的蓝天白云，一样的高山大海，只要你愿意，就可以从中感受到大自然的美丽。

（3）设定可以达到的目标：及时调整工作的节奏，投身到正常真切的生活中去，深入到自己内心世界中去。总结每一天的收获和体验，寻求安逸平静的内心感受。

3. 发怒的控制与调节

经常发脾气会影响人际关系，影响别人对自己的看法，也可能会伤害身边的人。比如在家发脾气，有时可以伤害到家人，引起家庭矛盾。如果压抑、控制怒气，长久可能会对健康不利，因此我们要学会制怒。

（1）发怒的时候不要讲话：如果在发怒的时候讲话，很可能会导致形势急转直下，导致双方的对立。发怒的时候说话，你会发现对方也会用同样发怒的语气回应你，形成恶性循环。如果在外表上能保持平静，会留给我们时间，让怒气消退一些。有人说："当发怒的时候，数到十再说话；如果是大怒，要数到一百。"

（2）用冷静的思考平息怒气：当你感到怒气很大时，不妨退一步，冷静地想想一句话："这样发火对我来说不会在任何方面有所帮助，只能让整个问题变得更复杂。"即使我们内心还存在一部分怒气，但这样的思考可帮助我们控制一下愤怒的情绪。

（3）离开让你发怒的情境：可以暂时离开那个让你发怒的环境和人，或者独处，或者去做另外一件不相干的事，也可以去听听音乐。

（4）向朋友倾诉：可以找信赖的朋友或亲人，尽情地倾诉自己的不满和委屈，求得对方的支持和安慰。或是和朋友一起唱唱歌，乐一乐，把"气"放出来。也可痛哭一场。

4. 自卑的控制与调节

自卑是指自我评价偏低，自愧无能而丧失自信，并伴有自怨自艾、悲观失望等情绪体验。自卑来源于心理上的一种消极的自我暗示，即"我不行"。长期被自卑情绪笼罩的人，一方面感到自己处处不如人，另一方面又害怕别人瞧不起自己，逐渐形成了敏感多疑，多愁善感，胆小孤僻等不良的个性特征。自卑的控制与调节可采取以下方法：

（1）列出自己的优点：多想想自己的长处和优点，可以用笔把它们一项项地记下来。同时正视自己的缺点和不足，每个人都是不完美的，慢慢学会接纳自己，欣赏自己，多给自己一些鼓励，相信自己有足够的能力。

（2）不拿短处和人比：客观全面地看待事物，看待他人。任何事物都有积极的一面和消极的一面，不要总拿自己的短处与别人的优点进行比较。

（3）踏踏实实做点事：踏踏实实地去做自己有能力并且喜欢做的事，不断体验到成功的喜悦，你会越来越自信，从而逐渐远离自卑。

（4）学会微笑：微笑不但能治愈自己的不良情绪，还能马上化解别人的敌对情绪。如果你真诚地向一个人展颜微笑，他就会对你产生好感，这种好感足以使你充满自信和快乐。

5. 嫉妒的控制与调节

只要是别人某一方面超过了自己，心里就有难以言状的烦恼，严重时还会产生一种强烈的憎恨情绪，这些心理反应就是嫉妒。嫉妒心理的认知思维方式势必阻碍我们的发展，还使我们丢失了属于自己原本可以用来丰富和完善自身、提高水平的宝贵时间、空间和条件。这里提供五种调节自身嫉妒心理的方法：

（1）奋起直追法。当他人比自己优秀时，脑子里浮出如何迎头赶上的想法，同时立刻实施自己的努力，以求提高自己的竞争能力与才干。

当自己具备了一定的竞争实力时，就具有与对手匹敌的资格，而嫉妒心即可消除。

（2）价值转移法。有时我们会发现，自己经过了努力也追不上自己所嫉妒的对手，这种情况下，就要转换思路，重新去寻找自身的价值，在发挥自己长处上下功夫。比如外貌不如别人的人，自己在能力上、学业上去努力，去高人一筹，并由此体会心理上的平衡。

（3）消极对待法。即学会运用"酸葡萄"心理，当感到心理不平衡时，即可应用"我吃不到葡萄，是因为葡萄酸，我根本就不想吃"。来进行自我心理调适，放弃不必要的心理自扰。

（4）自我满足法。因为世上要对比的事物太多，凡是他人比自己优秀，就心理不平衡，心生嫉妒，那么这样的人将一辈子生活在嫉妒中。学会欣赏自己，经常自我肯定，生活才会变得多姿多彩。

（5）加强自身修养法。即充分认识嫉妒给自己带来的负面影响。从内心深处来认识嫉妒就如毒蛇，一旦心理贮藏它，自己良好的修养和品质就会受到侵蚀，人格就会被贬低，从而从内心深处产生对它的排斥心理。

魔力悄悄话

科学认识情绪和情感发展的特点，有助于准确把握心理和行为，调适不良情绪，促进良好情绪和情感的培养。青年人共有的情绪和情感特征就是情感丰富、复杂、不稳定。情绪起伏波动较大，呈两极趋势，有时兴奋激动如火山爆发，有时消沉忧郁，甚至失去活下去的勇气。

良好情绪的培养

一、健康情绪的标准

1. 心理健康的情绪标准

人的心理健康的情绪标准包括情绪的形成原因、持续时间、长期稳定状况等各个方面。

情绪有适当的形成原因。一定的事物引起相应的情绪是情绪健康的标志之一。情绪的产生是由各种不同的原因引起的，如高兴是因为有喜事；悲哀是遇到不愉快或不幸的事件；愤怒是挫折引起的等。

情绪的作用时间随客观情况变化而转移通常情况下，当引起情绪的因素消失之后，人的情绪反应也相应逐渐消失。例如生活中不小心把东西丢了，当时可能会非常生气，事情过后，慢慢也就自己调节过来了。如果长期生气，这就是情绪不健全的表现。

情绪持续稳定。情绪稳定表明个人的中枢神经系统活动处于相对的平衡状况，反映了中枢神经系统活动的协调。如果一个人的情绪长期不稳定，喜怒无常，是情绪不健康的表现。

心情愉快平静。心情愉快是情绪健康的重要标志。愉快表示人的身心活动和谐与满意。愉快表示一个人的身心处于积极的健康状态。一个人经常情绪低落，总是愁眉苦脸，心情有苦闷，则可能是心理不健康的表现，要注意自我调节。

2. 健康情绪的标准

一般来说，情绪的目的性恰当，反应适度，正面作用强是情绪健康的基本标准。具体来说：

（1）情绪的基调为积极、乐观、愉快、稳定；

（2）对不良情绪有调节抑制能力；

（3）情绪反应适度；

（4）有较好的自我批评和自我接纳感，有幸福感和满足感；

（5）理智感、道德感、美感等高级社会性情感能得到良好的发展。

对大学生来说，情绪健康具体表现为：情绪的基调是积极、乐观、愉快、稳定的，对不良情绪具有自我调控能力，情绪反应适度；高级的社会情感（理智感、道德感、美感等）能得到良好的发展。

二、培养健全、积极的情绪情感

情绪能够影响一个人的精神状态，提高或降低一个人的学习和工作效率。它也是观察一个人对于某人或某事真实情感的窗口。它能反映出一个人的志向、胸怀和度量。它标志着个性成熟的程度。一个具有良好修养的人，懂得保持健康情绪，能够自觉而有效地控制和调节自己的情绪。因此，健康情绪的养成或保持对一个人的工作、学习或生活都起着至关重要的作用。

1. 养成快乐的习惯

快乐是一种心理习惯，一种心理态度，如果现在不加以了解和实践，将来也永远体会不到。快乐不是在解决某种外在问题后产生的，因为一个问题解决了，另一个问题又会出现，生活本身就是由一系列的问题组成的。快乐也不只是在到达某种目的，获得某种满足后才会到来的，因为快乐存在于生活实践的本身。

2. 学会宽容悦纳

宽容不仅是一种美德，也是交往成功的重要保证和情绪健康的前提条件。宽容既表现为对他人的宽厚容忍，不斤斤计较，也表现为对自己的悦纳包涵，不过分苛求。一个不肯宽容别人的人，既容易被别人怨恨，在人际关系中不受欢迎，也往往会使自己的身心受到伤害；一个不肯宽容自己的人，则常常会处于自责、悔恨之中。

3. 适当的自我定位

从中学到大学是一个巨大的转折，环境的变化和竞争的加剧，会使不少同学感到心理不适，失落感明显，因此在大学生活中给自己一个适当的自我定位十分重要。大学校园，人才济济，每个人都具有各自的优势，事事处处都要与他人竞争、攀比，就有可能因为自己在某些方面处于劣势，而产生自我挫败感，有的甚至会自我否定，陷入深深的自卑之中。同时，事事与人竞争、攀比还会给自己造成过度紧张，心理上承受过大的压力，从而对身心健康产生不良影响。

4. 善于与人交往

人是社会的人，交往是人生发展的内在需要。当一个人的交往需要没有得到满足时，就会情绪低落，甚至会产生孤独、空虚、抑郁、自卑和恐惧等不良心理，严重的会在行动上表现出自我封闭，逃避现实，自暴自弃，或与外界冲突对抗，甚至丧失生活的信心和勇气。善于交往的人，常常更容易成为健康、快乐和成功的人。

5. 学会自我解脱

遇事要想得开，要心胸开阔。要看到生活中不会只有快乐，还会有痛苦；不单有成功，也会有失败；不尽是圆满，也会有缺陷。只有这样，才会在顺境时不沾沾自喜，在逆境时也能泰然处之。拥有一个良好的心态，而这样良好的心境往往能创造出更多的收获。

三、情绪调试方法

常见的情绪调适方法有合理情绪疗法、宣泄法、放松训练、冥想训练、音乐疗法等。

1. 合理情绪疗法

合理情绪疗法是艾利斯在美国创立的。艾利斯提出了 ABC 理论，用来解释人的情绪困扰和不适应行为的产生。其中 A（Activatiatingevents）指诱发性事件；B（Beliefs）指个人在遇到诱发性事件后产生的相应的信念，也就是他对这个事件的看法、解释与评价；C（Consequences）指在特定情境下，个人的情绪体验及行为结果。艾利斯指出，情绪（C）不是由某一个诱发事件本身（A）所引起的，而是由经历了这一事件的个人对这一事件的解释和评价（B）所引起的。因此 A 只是 C 产生的间接原因，B 才是 C 产生的直接原因，是 B 决定了 C 的性质。

在此基础上，艾利斯提出了通过改变信念从而改变情绪与行为的方法，即合理情绪疗法，也被称之为 ABCDE 模式。其基本程序是：①找出使自己产生异常紧张情绪的诱发事件（A）。②分析自己在遇到诱发事件时对它的解释、评价和看法，即由它引起的信念（B）。从理性的角度去审视这些信念，并且探讨这些信念与所产生的紧张情绪（C）之间的关系。从而认识到异常的紧张情绪之所以发生，是由于自己存在不合理的信念，自己应当为自己失之偏颇的思维方式负责。③扩展自己的思维角度，与自己的不合理信念进行辩论，动摇最终放弃不合理信念，学会用合理的思维方式代替不合理的思维方式。还可以通过与他人讨论或实际验证的方法来辅助自己转变思维方式。④随着不合理信念的消除，异常的紧张情绪开始减少，并产生出更为合理、积极的行为方式。行为所带来的积极效果，又促进着合理信念的巩固与情绪的轻松愉快。⑤最后个人通过情绪与行为的成功转变，从根本上树立起合理的思维方式，从此不再受异常的紧张情绪的困扰，即达到了治疗的效果（Effects）。概括起来就是：诱发事件（A），有关的信念（B），不良情绪和不适当的行为（c），与不合理信念进行对抗（D），在情绪和行为上产生积极的效果（E）。

2. 宣泄法

情绪得不到适当的宣泄，就会日积月累，造成身心紧张状态直到生病。可以采用自我宣泄和他助宣泄的方法来疏导过量的激情和调节情绪。自我宣泄的方法有眼泪缓解法、运动缓解法、转移注意法和"合理化"等方法。

在悲痛欲绝时大哭一场，可使情绪平静。美国专家威费雷认为，眼泪能把有机体在应激反应过程中产生的某种毒素排出去。从这个角度讲，遇到该哭的事情忍住不哭就意味着慢性中毒。很多人欣赏"男儿有泪不轻弹"，把眼泪当作软弱的表现，从心理健康角度来考虑，就会发现这种观念是不可取的。很多人都体会到该哭的时候哭出来，哭过以后心情就好多了。

在愤怒时猛干一阵活或进行剧烈的体育运动，有助于释放激动情绪带来的能量。许多大学生有过在运动场上拼命奔跑以缓解心中郁闷情绪的经验。

情绪不佳时，转移自己的注意力，是一种控制情绪的好办法。如转换一下电视频道，做些自己感兴趣的事——外出散步，看看电影，读读书，打打牌，找朋友聊天，换换环境，等等。"合理化"是一种援引合理的理由和事实来解释所遭受的挫折，以减轻或消除心理困扰的方式。它的表现形式可概括为"找借口""酸葡萄效应""甜柠檬效应"等。情绪不佳时，适度地采取"合理化"的方法自我宣泄得以安慰，也是一种情绪自我调控的方法。

他助宣泄的方式则有倾诉和模拟宣泄等。倾诉既可向师长、同事、同学、亲人诉说心中的烦恼和忧虑，也可用写日记、写信的方式倾诉不快，以宣泄自己的烦恼和不快，调节自己的情绪。模拟宣泄是目前新兴的一种调节情绪的方法。一些日本公司的充气工头像，就是用来让员工发泄对上司的不满的。员工通过打骂模拟敌人而发泄烦恼，宁心息怒。

宣泄的方式有多种多样，若方式选择不当，不但不能促进心理健康，反而会带来新的情绪困扰。因此，要注意正确地选择宣泄方式，应以不妨碍他人和社会利益为原则，同时宣泄时也要注意不损害自己。

3. 音乐疗法

研究表明，音乐对人的情绪有着极大的调节作用，不同的曲调和不同的节奏都能使人产生不同的情绪体验。在不同的心理状态下倾听相应的音乐能够调节人的情绪，使人产生愉悦感。在紧张的工作之余，听一首轻松愉快的乐曲，在内心狂躁不安时，伴以悠扬悦耳的音乐，不仅可以调节生活，而且是一种美的享受。在欣赏音乐的同时，人们松弛了工作中绷紧的神经，忘记了生活的烦恼，消除了工作中的疲劳，调节了紧张不安的情绪。

有忧郁，烦闷情绪的人，适合听一些风格清新，明快的乐曲。如江南丝竹和广东音乐，它们以流畅、明丽、清新、优美的风格，对忧郁、烦闷的调节有着良好的功效。

情绪使我们的生活多姿多彩，同时也影响着我的生活及行为。当出现不好的情绪时，最好加以调节，使情绪不要给自己的生活及身体带来坏的影响。

4. 改换认识角度

美国临床心理学家艾里森在 20 世纪 50 年代创立的被称为"合理情绪疗法"的 RET 理论认为，情绪困扰并不一定是由诱发性事件直接引起的，常常是由经历者对事件的非理性的解释和评价所引起的。如果改变了非理性观念，调整了对诱发事件的认识和评价，领悟到理性观念，情绪困扰就消除了。实际生活中的许多情绪困扰的确是如此，从非理性的角度去认识某一事物，使我们悔恨不已；换个角度去认识，理性一些去认识，我们便会豁然开朗。正所谓"退一步海阔天空"，或者说"换个角度天地宽"。

5. "雾中看花"

所谓"雾中看花"，就是说，对一些无关大局的非原则性的外部刺激，在认识上要模糊一些，在心理感受上要淡漠一些。当别人在背后说自己几句闲话时，或因一些小事发生了口角时，或偶然遇到一次失意时，都可以有意识地控制一下自己的情绪，坦然处之，不斤斤计较，不耿耿于怀。这种忽视不愉快事情的做法，能够使自己在心理上建立起有效的防御系统，使自己不在鸡毛蒜皮之类的纠纷中耗费精力，而在大的目标上取得成功。大事清楚，小事糊涂。这种超然处世的态度，显示出一个人的气度、自信和修养，需要有意识地、经常地加以培养。

6. 合理宣泄

人的情绪处于压抑状态时，应该加以合理的宣泄，这样才能调节机体的平衡，缓解不良情绪的困扰和压抑，恢复正常的情绪情感状态。如遇到挫折和失败，内心苦闷难忍时，畅快地哭一场，或者找人诉说一通，都是缓解情绪压抑的好办法。日本一家企业，专门设立旋转吊袋，供对企业有不满情绪的人拳打，发泄怨气。国外一些城市、大学内，设立多种形式的心理咨询机构，如"危机干预救助电话""大学生心理咨询中心"等，都是为情绪压抑者提供的合理的宣泄渠道。

有的大学生产生压抑情绪后，不愿讲出来，不做合理的宣泄，压抑时间持续久了，往往形成潜意识的变态心理，造成严重的后果。因为长久处于压抑状态的人，其思辨能力和理智感都会下降，往往不能有选择地、灵活地处理事情。打开心灵的"阀门"，倾吐心中的苦闷，得到他人一番开导，可能使你茅塞顿开，心地豁然开朗。因此，我们可以选择自己信任的老师、同学、老乡、恋人，特别是受过专门训练的心理咨询人员，作为倾吐的对象。这些人可以成为我们缓解消极情绪压力的"精神港湾"。

7. 活动转移

当出现不良情绪反应时，头脑中有一个较强的"兴奋灶"，此时如果能够在头脑中建立起另外的"兴奋灶"，可以将原先的"兴奋灶"冲淡或抵消。这就是利用环境的调节和活动的转移来排忧解愁的又一方法。例如，苦闷烦恼时，出去散散步或听听音乐，会使人心情舒畅一些；当怒不可遏时，可强迫自己做一些别的事情，分散注意力，从而稳定情绪；失恋中的青年，可以把学习或工作的日程排得满一些，紧凑一些，使自己沉浸于繁忙的学习和工作之中。

8. 幽默

幽默感是消除不良情绪的很有用的工具。当我们遇到某些无关大局的不良的外界刺激时，如别人的讪笑、挖苦等，要避免陷入激惹状态，最好的办法就是超然洒脱一些。一个得体的幽默，一句适宜的俏皮话，常常可以使已经紧张的局面轻松起来，可以使一个窘迫难堪的场景消逝。不要针尖对麦芒，以牙还牙，甚至以血还血。幽默，是智慧的表现，是成熟的表现。马克·吐温，人称"幽默大师"，他自身经历了种种悲苦和辛酸，两个哥哥和一个姐姐分别在他年轻时死去，他的四个孩子也先后死去。他说："在生活的舞台上学着像个演员那样感受痛苦，此外，也学着像旁观者那样对你的痛苦发出微笑。"乐观地对待生活，不为任何挫折、失败和痛苦所压倒，这样的人才是真正的强者。幽默感，正是在这样的意志锤炼过程中培养起来的。

9. 升华

将不为社会所认可的情绪反应方式或欲望需求导向崇高的方向，使其成为具有建设性和创造性的行为，这种行为称作升华。升华，也是一种宣泄，也是一种转移，是对不良情绪的一种高水平的积极的转移和宣泄，是将情绪的"能量"导向对人类社会有益的方面去的转移和宣泄。安徒生、贝多芬等人，都曾以超越世俗的情操，在失恋之后以更加巨大的热情投入到文学艺术的创作之中，使失恋的痛苦得到升华，为人类社会创造出精美的传世作品。他们在战胜消极情绪的过程中，理解了远比恋情更丰富、更瑰丽的人生意义。

上面所列举的九种方法，都是从自我调适的角度提出的。对于一般性的偶尔发生的不良情绪反应，是可以通过自我调节加以消除的。如果有持久性的严重的情绪异常，或者有由于生理原因造成的情绪异常，就必须求助于专门的心理治疗和生理治疗。

魔力悄悄话

心情愉快平静。心情愉快是情绪健康的重要标志。愉快表示人的身心活动和谐与满意。愉快表示一个人的身心处于积极的健康状态。情绪能够影响一个人的精神状态，提高或降低一个人的学习和工作效率。它也是观察一个人对于某人或某事真实情感的窗口。